GÜNTER GRASS
KATZ UND MAUS
猫と鼠

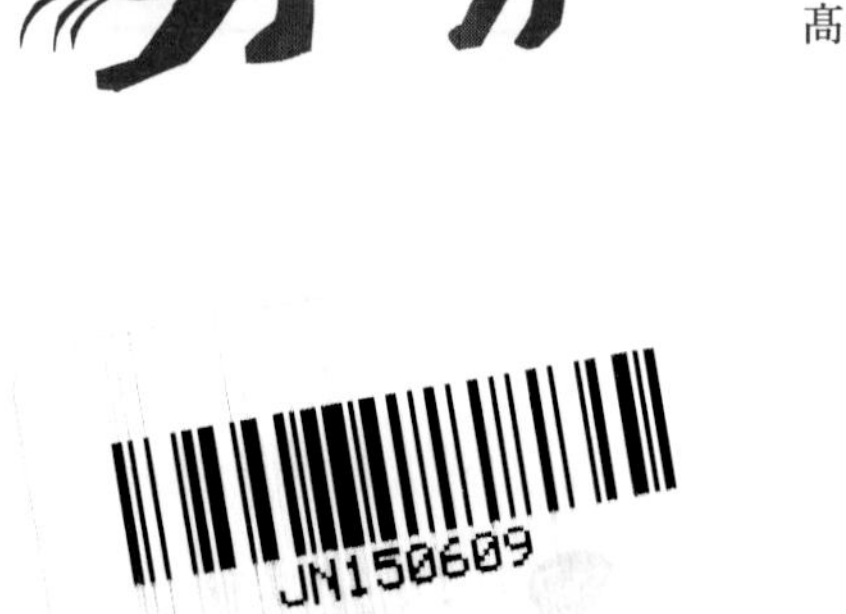

ギュンター・グラス

高本研一 訳

EINSCHRITT
VERLAG
あいんしゅりっと

KATZ UND MAUS
by
Günter Grass,
first published in 1961

猫と鼠

I

……そしてある日、マールケがすでに泳げるようになってからのことだが、ぼくたちは打球技（シュラークバル。十二人ずつ二チームでおこなう野球に似たゲーム）場のわきの草の中に寝ころんでいた。ぼくは歯医者へ行かねばならなかったのに、彼らはぼくを離してくれなかった、気まぐれなぼくの代わりの選手を見つけるのがむずかしかったからだ。ぼくの歯は騒ぎ立てていた。一匹の猫がぶらぶらと芝生を斜めに横切った、なにか投げるやつはだれもいない。二、三人が草の茎を噛んだりむしったりしていた。その猫は管理人のもので、黒い毛をしていた。ホッテン・ゾンタークがウールの靴下でバットをこすっていた。ぼくの歯は足踏みしていた。試合はもう二時間もつづいていた。ぼくたちはひどく負けてしまって、今や復讐戦を待っていた。猫は若かったが、小さくはなかった。スタジアムではハンドボールの両方のゴールにしばしばシュートが決まった。ぼくの歯はたった一つの言葉をくり返していた。シンダートラックでは百メートル競走のランナーがスタートの練習をしたり、いらいらと身体を動かしたりしていた。猫はまわり道をした。空を三発機が一機悠々と音高く飛んで行ったが、爆音はぼくの歯のうずきを消すことはできなかった。管理人の黒猫は草の茎のうしろで白いよだれ掛けを見せた。マールケは眠っていた。合同墓地と工科大学のあいだにある火葬場が東の風を受けて煙を吐いていた。マレンブラント先生が呼笛を吹いた、攻守交替。猫は稽古をした。マールケは眠っているか、またはそんなふうに見えた。彼と並んだぼくは歯が痛いのであった。猫は稽古しながら近づいてきた。マールケの喉仏は巨大だったので、動くたびに際立ち、影を投げかけた。ぼくとマールケのあいだで管理人の黒猫が跳びかかろうとして狙っていた。ぼくたちはちょうど三角形を形づくっていた。ぼくの歯は沈黙し、もはや足踏みをやめた、マールケの喉仏が猫にとって鼠になったからである。それほど猫は若く、それほどにマールケのものはよく動いた——とにかく猫はマールケの咽喉《のど》に跳びかかった。あるいはぼくたちの一人が猫を捕まえてマールケの首に押しつけたのだ。あるいはぼくが、歯痛に悩むか歯痛を忘れるかして、猫をつかみ、そいつにマールケの鼠を見せつけたのだ。ヨアヒム・マールケは大声をあげた、しかしその声は意味のない掻き傷を負っているにすぎなかった。

ところで、きみの鼠をその一匹の猫とすべての猫の眼に触れさせたぼくは、今書かねばならぬ。たとえぼくたち二人が虚構された人間であろうと、ぜひとも書かねばならぬ。ぼくたちをでっち上げたやつは、職業柄、ぼくに強いるのだ、きみの喉仏をくり返し手に取り、それが勝つか負けるかするのを見たどんな場所へでもそれを連れて行くようにと。それでぼくは最初にドライバーの上で鼠を跳びはねさせ、まるまると肥えたかもめの大群をマールケの頭上高く気まぐれな北東風の中に投げ入れ、空は夏めいて上天気がつづいていると言い、あの難破船はかつてのチャイカ級掃海艇だろうと推測し、バルト海にゼルターー鉱水の厚いガラス瓶の色を与え、事件の起こった場所が、たしかにノイファールヴァッサー港のブイの南東であったから、いぜんとして水が滝のように流れているマールケの肌を小粒のあられほどに細かく鳥肌だたせる。だが恐怖ではなく、あまりに長く水浴した後よくあるような寒気がマールケを占領し、彼の皮膚からなめらかさを奪ったのであった。

そのとき、痩せて長い腕をしたぼくたちは、膝を横に張って艦橋の残骸の上にまたがっていたのだが、沈没した掃海艇の前甲板と隣の中央部にある機関室にもう一度もぐり、ねじとか小さな車輪とか、それにたとえばポーランド語と英語で機械の使用法がびっしり書かれている真鍮板とかいったものをドライバーで取りはずしてくれるようだれ一人マールケに要求するものはいなかった。つまりぼくたちは水面に突きだした艦橋のいたるところにまたがっていたのだ。その船はかつてモドリンで進水しグディンゲンで仕上げを施されたチャイカ級のポーランド掃海艇で、昨年ブイの南東、すなわち水路をはずれた航行の妨げにならぬところで沈没したのであった。

それ以来、銹《さび》の上でかもめの糞が干からびていた。かもめたちはどんな天候のときでも、頭の両脇にガラス玉の眼をつけて、ときどきはほとんど羅針箱の残骸の上すれすれを、脂ぎった姿ですいすいと飛び、それからふたたび、もつれながら空高く舞いあがり、判読できない計画で飛翔しながら、ねばねばした糞をまき散らす、それは柔らかな海に落ちることはなく、いつも艦橋の銹の上に落ちるのだった。日が経つにつれて排泄物は堅く丸く石灰化して、小さな塊に凝集し、その塊の上にもさらに積み重なった。そして、ぼくたちは船の上に坐っているときにはいつも、足の爪や手の爪でそれを掻き取ろうとした。そのためにぼくたちの爪は割れていたが、それは——いつも爪を嚙むので逆爪になっているシリングを除き——手の爪を嚙んだためではなかった。マールケ一人は、何度も何度も水に潜るために黄色味がかってはいるが、長い爪をしていて、嚙みもしなければかもめの糞を引っ掻きもしなかったので、その長さを保っていた。また彼はいぜんとしてたった一人だけ、けずり取った糞をけっして食べなかった。一方ぼくたちは、糞がそこにあるというわけで、貝殻の破片のような石灰の塊を噛み、ねばねばと泡立ってくると船べりから外へ吐きだした。それはなんの味もしなかったか、あるいは石膏か魚粉か、思い浮かべることのできるすべての味がした。たとえば幸福とか少女とか、または愛する神の味である。実に歌が上手なヴィンターはこういった、「テノール歌手たちが毎日かもめの糞を食べるってことを知ってるかい?」時どきかもめたちはぼくたちの石灰混じりの唾を飛びながら捕まえたが、なにも感づかないようだった。

戦争が始まってまもなく、ヨアヒム・マールケは十四歳になった、彼は泳げもしなければ自転車にも乗れなかった。だいたいが目立たない子供で、後に猫を誘惑することになるあの喉仏がないのを気に病んでいた。彼は体育と水泳を免除してもらった、診断書を見せて病弱であることを証明したからである。マールケが自転車練習のために、歯をくいしばり身を強《こわ》張らせ、真っ赤な耳をぴんと立て、がに股の膝を上下させておかしな格好をするようになる前のことだった、冬のシーズンのあいだ、彼はニーダーシュタットの室内プールに水泳の練習を申しこんだ。しかし、最初は八歳から十歳までの子供に混じって畳の上の水練を許されただけであった。その年の夏も彼はまだそれほど泳げるわけではなかった。ブレーゼン海水浴場の水泳教師はブイみたいな上体に細い毛のない脛《すね》をして、布を張りわたした信号旗の下に立つ、典型的な水泳教師タイプの男だったが、最初はマールケを砂の上で訓練し、次に命綱をつかんで教えこまねばならなかった。しかしぼくたちが幾日か彼から離れて午後の泳ぎを楽しみ、沈んだ掃海艇の不思議な器具の話をしているうちに、彼は強い刺激を受けて、二週間経たぬうちにそれをやってのけた——彼は自由自在に泳いだのである。

彼はせっせと真面目に、栈橋と大飛び込み台と海水浴場のあいだを往き来し、かなり長く泳げるようになったときには、すでに栈橋の防波堤から飛び込みの練習を始めていた、最初はよく見かけるバルト海の貝殻を高く差し上げていたが、次には砂をつめたビール瓶をかなり遠くへ投げ、それを目がけて潜った。やがてマールケはその瓶をきちんきちんと海底から拾いあげることができたように思う、つまり彼がぼくたちの小舟の上から潜水を始めたときには、もはや初心者の域を越えていたのである。

彼はいっしょに泳がせてくれとしつこく頼んだ。ちょうどぼくたちは六、七人で、いつものコースを泳ぎだそうとして、家族専用海水浴場の浅い四角形の中でいとも慎重に身体を湿らせているところだった、そのときマールケが男子専用海水浴場の道板の上に立っていたのだ。「いっしょに連れてってくれ。ぼくきっと泳げるよ」

ドライバーが彼の咽喉の下にぶらさがっていたが、先端は咽喉のほうを向いていなかった。

「よし！」マールケはいっしょについてきた、そして第一と第二の砂州のあいだでぼくたちを追い抜いたが、ぼくたちは苦もなく追いついた、「やつを少しじたばたさせてやろう」

マールケが平泳ぎをすると、ドライバーが彼の肩甲骨のあいだでひらひらするのがはっきり見えた、ドライバーには木の握りがついていたからだ。背泳ぎをすると、木の握りは彼の胸の上でふらふらしていたが、顎骨と鎖骨のあいだのあの宿命的な軟骨をすっかり蔽い隠すことはけっしてなかった、軟骨は背びれのように飛びだしたままで水脈を切っていた。

それからマールケはぼくたちにあれを見せたのであった。彼はドライバーを持って矢継ぎ早に何回も潜り、二、三回潜った後にドライバーではずしたものを持ってきたのである、蓋、板張りの一部、発電機の部品。彼は下で一本の綱を見つけ、切れそうなその綱で、本物の消火器を艦の前部から引きあげた。それは――ドイツ製だった――まだ使えた。マールケはそれをぼくたちに見せ、泡で消した。泡でどんなふうに消すのかをぼくたちにやって見せ、泡でガラス瓶のような緑の海を消した――そして最初の日から彼は幅をきかせた。

泡はまだ島や曲がった筋の形をして、規則正しく呼吸する平らな大波の上にのっていたが、それが少数のかもめを誘惑し、かもめを突き離し、それから収縮して、酸っぱくなった生クリームの汚ない塊のように岸辺のほうへただよって行った。そこでマールケも休憩して、羅針箱の陰にしゃがみこんだが、今や、いや、すでにずっと以前から、つまり道に迷った泡が艦橋の上で疲れはて、そよ風の吹くたびにふるえていた前から、ざらざらした皺のよった肌になっていた。

マールケは身震いし、咽喉をぴくぴくさせた。するど彼のドライバーはゆすられた肩甲骨の上で小さな踊りを踊った。肩から下へ一面蟹のように赤く焼けて、ところどころチーズみたいな斑点のあるマールケの背中も、仕上げ鏝《ごて》で押しつけたような脊柱の両側はくり返し日に焼けて皮が剝《む》けていたが、あられをぶちまけたように鳥肌立ち、悪寒が走るたびにゆがんだ。黄色味がかった唇は青く隈どられ、がちがち鳴るマールケの歯を露出させた。あくを抜かれた大きな手で彼は、貝殻の付着した隔壁ですりむいた両膝をしっかりと押さえ、身体と歯の震えを止めようとした。

ホッテン・ゾンタークーーーそれともぼくだったろうか？ーーーマールケの身体をこすってやった、「おい、なにも取りになんか行くな。もう帰らなけりゃならないぞ」ドライバーはずっと分別臭くなった。

ぼくたちは突堤から二十五分、海水浴場から三十五分かかるところまで行った。帰りにはたっぷり四十五分かかった。彼はどんなに疲れ切っているように見えても、いつもぼくたちよりきっかり一分は早く突堤の花崗岩の上にいた。最初の日のリードをその後も保ったのである。いつもぼくたちが小舟――掃海艇をぼくたちはそう呼んでいた――につく前に、マールケはすでに一度水に潜り、ぼくたちがほとんどいっせいに、艦橋の銹とかもめの糞や、突き出た回転砲架に洗濯女の手を差しのべるやいなや、蝶番《ちょうつがい》のようなものや簡単にはずせたものを無言でぼくたちに示した、そして二回目か三回目の遠泳のときからニヴェア・クリームを厚くこってりと塗っていたくせに、もう寒さに震えていた。マールケはクリームを買うぐらいの小遣い銭にこと欠かなかったのである。

マールケは一人っ子だった。

マールケには片親しかいなかった。

マールケの父はもはや生きていなかった。

マールケは夏でも冬でも、父の形見であるらしい古風な編み上げの長靴をはいていた。黒い長靴の靴紐をドライバーにつけて、マールケは首にぶらさげていた。

今はじめて気がついたのだが、マールケはドライバーのほかに、さまざまな理由からもう一つなにかを首に掛けていた。しかしドライバーのほうがずっと人目についた。

おそらく以前からずっと掛けていたのだろうが、ぼくたちは気づかなかったのだ。たしかマールケが海水浴場で畳の上の水練を習い、砂の上で泳ぎの型をじたばたと練習しなければならなかったあの日以来、彼は銀の鎖を首に掛けていて、それには銀色のカトリックのもの、つまり処女マリアがぶらさがっていた。

けっして、体操の時間中でさえ、マールケはその飾りを首から離さなかった。つまり、彼は冬のニーダーシュタット室内プールでの畳の上の水練と、命綱に釣りさげられての水泳を始めるやいなや、ぼくたちの体育館にも姿を見せ、さる医師の証明書などもはや提出することはなかった。首飾りがトレーニングシャツの胸元に隠れるか、銀の処女マリアが白いシャツ生地の赤い胸の線の上にかろうじて載っかっていたりした。

マールケは平行棒をするときにも汗をかかなかった。第一組の三、四人の最優秀者しか参加しない跳馬の練習の際にも、マールケは除外されるどころか、背を丸めて無骨にスプリングボードから革の跳馬の上を滑空し、鎖のついた処女マリアを斜めにはねとばしながらマットに着陸し、埃を舞いあげた。鉄棒で足掛け回転をするときには——後になって彼は、ぼくたちのいちばん上手な選手であるホッテン・ゾンタークよりも二回多く、不格好にではあるが、足掛け回転をやることに成功した——つまりマールケが三十七回足掛け回転をやっとの思いでなしとげたとき、彼のトレーニングシャツからは鎖が飛びだし、銀のメダルはいつもほどよい栗色の髪の毛に先立って、ぎしぎしいう鉄棒を三十七回まわるのだったが、首から離れて自由を獲得することはできなかった。なぜならマールケはブレーキの役をする喉仏を持っているほかに、例の後頭部が突きだしていたからだ、そのため髪の生え際のところで足掛け回転のため解放されて滑りだした首飾りが引き止められ、はっきりと折れ目をつくった。

ドライバーは首飾りの上に位置し、その紐はぴったりと鎖に重なっていた。しかしながら、その工具は首飾りを押しのけることはなかった、ことに握りのついた道具を体育館に持ちこむことは許されていなかったからである。ぼくたちの体操の先生、マレンブラントとかいう高校教師は、シュラークバルの指導的なルールブックを書いたので、スポーツ関係者のあいだで有名であったが、彼はマールケに、体育の時間中、紐のついたドライバーを身につけていることを禁止した。マールケの首にぶらさげたお守りについては、マレンブラントは文句をつけなかった、なぜなら、彼は体育と地理のほかに宗教も教えていて、戦争の二年目までは、カトリック労働者体育協会の残っている人たちを鉄棒の下や平行棒へ連れて行くことのできる人だったからである。

そんなわけで、ドライバーは、銀色の少しすりへった処女マリアがマールケの首で、危険極まりない練習のお供を許されているあいだ、更衣室のシャツの上の釘に掛けられて、待っていなければならなかった。

それはありきたりのドライバーで、値段は安いががっしりできていた。しばしばマールケは、玄関のわきに二本のねじでとめてある表札よりも大きくない、細長い名札をはずして持ってくるには、五回から六回水に潜らねばならなかった。名札が金属の部分にくっついていて、二本のねじが錆びついているときには、とくにそうであった。その代わり時には、長い文章が書いてあるずっと大きな名札を、二回潜っただけで取ってくることができることもあった。彼はドライバーを鉄梃《かなてこ》がわりに利用して、ねじもろとも、腐った野地板からはずし、艦橋の上で獲物を見せびらかした。名札を蒐集《しゅうしゅう》することにかけては、彼は熱心ではなかった、彼は、ドライバーではずせるものならなんでも、道路標識であろうと公衆便所の名札であろうとおかまいなしに蒐集していたヴィンターとユルゲン・クプカに、たっぷり贈り物をしたのだが、彼の気に入ったあのいくつかの破片だけは家に持ち帰った。

マールケがそれらを手に入れるのは、容易なことではなかった、ぼくたちが小舟の上でぼんやりしているとき、彼は水の中で働いていたのである。ぼくたちはかもめの糞を引っ掻き、肌を葉巻き色に焼いた、そして金髪だった者は麦藁色の髪に変わった。だがマールケはせいぜい日焼けしたばかりの赤い肌をしているにすぎなかった。ぼくたちがブイの北側を往き来する船を目で追っているとき、彼はじっと目を下に向けていた。わずかにまつ毛の生えたほんの少し日に焼けて赤味を帯びた瞼が、淡青色と思われる目を蔽っていたが、その目は水に潜るとはじめて、らんらんと輝くのだった。たびたびマールケは、折れるか、あるいは絶望的に曲がったドライバーは持っているものの、名札は持たず、獲物を手にせずにもどってくることがあった。そんなときも彼は思い入れよろしくそのドライバーを見せた。彼がそれを肩越しに海へ投げこむと、ただちにかもめたちは騒ぎ立てたが、彼のそんな身振りは無気力な絶望感や目的のない怒りから発したものではなかった。マールケが壊れた道具を、遊び半分の、あるいはほんとうにどうでもいいやといった態度で、背後に投げ捨てることはけっしてなかった。投げ捨てることさえも意味があったのだ、ぼくはそれを、やがて違った面からきみたちにお見せしよう。

……そしてある日――二本煙突の病院船が入港し、そしてぼくたちはしばらく議論した後、この船が東プロイセン海運の《カイザー号》であることをつきとめたのだが、ヨアヒム・マールケはドライバーを持たずに前部船室へおりてゆき、わずかに水をかぶり、スレートの緑色に暗く口を開けている船首のハッチに姿を消し、二本の指で鼻をつまみ、水泳と潜水のため真ん中から分けられてぴったりとはりついた髪の毛と頭を先立て、ついで背中と尻を引き寄せ、一度は左のほうにむなしく空を蹴ったが、次に両足の裏でハッチの縁を蹴って、斜め下方に、開いた舷窓《げんそう》を通して光の波の入ってくる薄明のように冷たい水族館の中にこっそりと逃げだしたことがあった。神経質なとげ魚、群がっているやつめ鰻、まだしっかりとくくられたまま揺れている乗組員室のハンモック、その周囲は海草に茫々と取り巻かれ、その中に小さな鰊《にしん》が子供部屋をつくっている。迷子の鱈《たら》がいることはほんとうにまれである。鰻は匂いがするばかり。ひらめの姿はまったく見えない。

ぼくたちは膝を小刻みにふるわせ、かもめの糞をこねて痰にし、適度に緊張し、半ば疲れ、半ば魅せられ、隊伍を組んで進むカッターの数を数え、相変わらず垂直に煙を立てている病院船の煙突に目をこらし、そして横目で互いに目くばせしたりした——彼は長いこと水中にいた——かもめは輪を描き、艦首の上で波は咽喉を鳴らし、解体された艦首砲の砲座にあたって砕けた、艦橋のうしろで水がぴちゃぴちゃ音を立て、排気孔のあいだに水が逆流して、いつも同じ鋲《びょう》をなめた、指の爪にはさまった石灰、乾いた皮膚のかゆみ、光のまたたき、モーターがかたかた風に鳴る、圧迫を感じる個所、半ば固くなった性器、ブレーゼンとグレトカウのあいだの十七本のポプラ——そのとき彼は勢いよく浮かびあがってきたのだ、顎のまわりは紫色になり、頬骨の上のあたりは黄色味がかって、彼はハッチから海水をほとばしらせた、真ん中からぴったりと分けられた髪をして、膝頭を波に洗われながら、前甲板をよろめき進んでくると、聳《そび》え立つ装甲板に手を伸ばし、がくんと膝をついて、濡れた目をぎょろぎょろさせた、ぼくたちは彼を艦橋の上へ引きあげてやらねばならなかった。だが彼は、まだ鼻と口の端から海水を吐きだしているうちにもう、拾ってきたものをぼくたちに見せた、継ぎ目のない鋼鉄製のドライバーだった。それはイギリス製で、シェフィールド（英国ヨークシャーの鋼鉄工業地帯）という銘が刻みこまれていた。わずかな錆も見あたらず、傷もなく、まだ油の薄い膜で包まれていた、その証拠に、水が玉になってこぼれ落ちた。

　この重くて、いわゆる絶対壊れないドライバーを、ヨアヒム・マールケは一年以上も持ちつづけていた、ぼくたちが小舟まで泳いで行くことが、以前ほど多くなく、あるいはずっとまれになってからさえも、毎日紐でつるして首にぶらさげていた、彼はカトリックであるにもかかわらず、あるいはカトリックであるがゆえに、ドライバーで一種の礼拝を行ない、たとえば、マレンブラント教師の体育の時間の前には、それを安全な場所に保管し、マリア聖堂に隠しさえした、盗まれることを恐れていたのである。つまりマールケは、日曜日にかぎらず、週日にも、学校の始まる前に、ノイショットラント組合住宅の下にあるマリーネ通りの教会の早朝ミサに出かけて行った。

彼とそのイギリス製のドライバーにとって、マリア聖堂へ行くのは遠い道ではなかった、それはオスター街のはずれ、ベーレン通りをくだったところにあった。三階建ての家がたくさん立ち並び、切妻屋根と柱廊玄関と果樹棚のある別荘もあった。それにつづく二列に並んだ住宅は雨滴で汚れているのもあれば、汚れていないのもあった。市電は右に曲がり、線路といっしょに、架線も、たいていは半ば雲に蔽われた空の下を走っていた。左手には鉄道員の痩せた砂地の菜園があり、おくらになった貨車の黒味がかった赤い材木で作ったあずまやや兎小屋が立っていた。そのうしろには、自由港に至る軌道の信号。サイロ、動いているのや、動かない起重機も見える。貨物船の上甲板が見慣れぬ強烈な色彩を放っている。相変わらず二隻の古風な砲塔を持った灰色の戦艦が碇泊し、浮きドックがあり、ゲルマニア・パン工場が見える。そして中くらいの高さにいくつかの繫留《けいりゅう》気球が銀色にものうく浮かんで、静かに揺れている。右手後方には、以前へレーネ＝ランゲ学校だったグドルン女学校があって、ハンマー起重機を含めて鉄材の林立するシッヒャウ造船所を蔽い隠し、その少し前には手入れの行き届いた競技場が拡がって、塗りかえられたゴールと、刈りこまれた芝生の上には、ペナルティ・エリアの白い点線が見える、日曜日にはブラウゲルプ対シェルミュール98の試合があるのだ——そこにはスタンドはなく、その代わり、淡黄色に塗られた窓の高いモダンな体育館が立っていたのだが、まったく奇妙なことに、その新しい赤い屋根にはタールを塗った十字架がまたがっていた。つまり以前ノイショットラント・スポーツクラブの体育館であるマリア聖堂はやむをえず臨時教会として設立されたものなのだ、なぜなら聖心教会はずっと遠くにあったし、ノイショットラント、シェルミュール、オスター街とヴェスター街のあいだにある組合住宅の人びとは、たいてい造船所工員や郵便局員や鉄道員であったが、何年も司教のいるオリーヴァに請願した結果、自由国家時代（第一次大戦後のワイマル共和制の時代）に、体育館を買い取って、それを建て直し、献堂したからなのである。

マリア聖堂が体育館的性格を持っていることは、そこのねじくれた色彩豊かな像や装飾品が、司教区のほとんどすべての聖堂区聖堂の地下室や物置きから、また個人の所有物から由来したものであったにもかかわらず、否定できないし、偽ることもできなかった——香煙とロウソクの匂いさえも、必ずしも、そしてけっして十分には、過去数年にわたる室内ハンドボール選手権試合の白墨と皮革と選手との混じった悪臭を消しはしなかった——そのため、この聖堂には、なにかプロテスタントふうのけち臭さ、礼拝堂の狂言的な冷ややかさが、消しがたくしみついていたのである。

組合住宅から遠く離れ、郊外の駅の近くにある、十九世紀の終わりに煉瓦で建てられた新ゴチック式の聖心教会の中だったならば、ヨアヒム・マールケの鋼鉄製ドライバーは、場所にそぐわぬ、まことにいやらしいものに見えたことだろう。マリア聖堂の中だったら、彼はそのイギリス製の銘柄品を安心しておおっぴらに所持していることができたろう。その小さな聖堂のリノリウムの床は手入れが行き届き、天井のすぐ下には正方形の乳色の窓ガラスがはめられ、床にきれいに並んだ鉄の留め金はかつて鉄棒をしっかり留めておいたものであり、板を張り並べた目の荒いコンクリート天井の下の、白く塗られてはいるが鉄製の梁には、以前、吊り輪とブランコと半ダースのクライミングロープが繋がれていたのであるが、どの隅にも、彩色され金メッキされた祝福を与える石膏の立像が立っていたにもかかわらず、これはたいそう近代的で冷たい機能本位の小聖堂であったから、お祈りした後聖体を拝領する一高校生が胸の前にぶらさげていたぶらぶら揺れる鉄のドライバーは、少数の早朝ミサ参列者にも、グセウスキ司祭と寝ぼけ眼のミサの侍者——時どきはぼくでも間に合った——にも、気まずい思いをさせなかったのだろう。

それは嘘だ！　その道具はたしかにぼくの目から逃れられなかった。ぼくが祭壇の前で奉仕しているときはいつも、階段祈禱のあいだでさえも、ぼくはさまざまな理由からきみを目に捕えようとした。しかしきみはおそらくそうさせるつもりはなかったのだろう、シャツの下の紐につけ、それを握っていたために、ドライバーの形をぼんやりとなぞった人目にたつ油のしみがシャツの生地についていた。祭壇から見ると、彼は左側の席の二列目に跪《ひざまず》き、たぶん淡灰色なのだが、潜水と水泳のためにたいていは充血している目を見開いて、処女マリアの方向、つまりマリア祭壇のほうへ祈りを捧げていた。

……そしてある日——いつの夏だったかもう覚えていないが——フランスで騒動が起こったすぐ後、小舟の上ですごした最初の夏休みのあいだのことだったろうか、それとも次の夏のことだったろうか？——むしむしする暑い日だった。家族専用海水浴場はごったがえし、吹き流しはだらりと垂れさがり、肉は汗でふやけ、清涼飲料水の売店の売り上げは鰻のぼりだった、椰子《やし》繊維製の敷き物の上を焼けた足の裏がつづき、戸を閉めた更衣室の前にはくすくす笑いが充満し、解放された子供たちのあいだには転げるもの、食べこぼしたもの、足を切るようなものがあった。そして今日で二十三歳に育った人びとにまじり、身を屈めて世話をやいている女の下で、三歳ぐらいの子供がブリキの太鼓を叩いて、単調で無味乾燥な音を立て、その午後を地獄の鍛冶場に変えていた――そのときぼくたちは水に飛びこみ、ぼくたちの小舟に向かって泳いでいた、海岸から見ると、たとえば海水浴場管理人の双眼鏡に映ったところでは、だんだん小さくなる六つの頭が泳いでいる最中だったが、やがて一人が抜けだして、目標に一番のりした。

ぼくたちは、風で冷やされてはいるがそれでも焼けつくような錆とかもめの糞の上に身を投げだし、マールケがすでに二回も水に潜っているあいだもはや動くこともできなかった。彼は左手になにか持ってあがってきた、前甲板の下の乗組員室の中や、半ば腐ってだらりと揺れていたり、いぜん固くくくられたままのハンモックの中や下、玉虫色のとげ魚の群れの中、海草の茂みと四散するやつめ鰻のあいだに潜りこみ、引っ掻きまわして、以前ヴィトルト・ドゥシンスキ水兵かリシンスキ水兵の所持品袋であった雑然としたがらくたの中に、掌大のブロンズのメダルを発見したのであった。その片面の浮き出た小さなポーランドの鷲の下には、メダル所有者の名前と授与された日づけとが見え、裏側には大きな口ひげを生やした将軍が浮き彫りされていた。砂と、粉にしたかもめの糞で数回こすってみると、縁に沿って円く刻まれた文字から、マールケがピウスツキ元帥の肖像を空気中にもたらしたことがわかった。

二週間にわたってマールケはまだメダルだけを探していたが、三四年にグディンゲン沖合の碇泊地で行なわれたヨットレースの錫《すず》の皿のような記念品も見つけてきた――そして艦の中央にある機関室の前の、狭くて入りにくい士官室で、鎖を通す小環のついたあのマルク貨幣大の銀メダルも見つけた、その裏側は銘がなく、平らにすり減っていたが、表側は豊かな輪郭と装飾を持っていた、それは子供を抱いた処女マリアのあざやかな浮き彫りであった。

同じく浮き彫りされた銘からわかるように、それは有名なマトカ・ボスカ・チェストホウスカ（チェストホワの修道院にある聖母マリアのイコン）だった。そしてマールケは艦橋で自分の取ってきたものがなんであるかを発見し、ぼくたちは磨くための流砂を彼に差しだしたのだが、彼はその銀メダルを磨かずに、黒っぽい銹を残したままにしておいた。

しかしぼくたちがまだ争いながら、光り輝く銀メダルを見ようとしているあいだに、彼はもう羅針箱の陰に跪き、見つけてきたものをずんぐりした膝の前でしばらくあちこちと動かしていたが、とうとうそれを、彼が祈るために伏せた目にとってふさわしいしかるべき隅っこに横たえた。ぼくたちが笑ったのは、彼が蒼ざめた身体を震わせながら、あくの抜けた指先で十字を切り、ある祈りの文句に応じて唇をぱくぱく動かそうとし、羅針箱のうしろでなにかラテン語をぶつぶつ言いだしたからである。ぼくは今日でもそう思っているのだが、それはたしかに、ふつう、枝の主日の前の金曜日にしか唱えることのない、彼の好きな読誦の一句であった、「ヴィルゴ・ヴィルギヌム・プラエクララ――ミヒ・ヤム・ノン・シス・アマラ……」（童貞女のうちで最も聖なる童貞女、私をもともに悲しませたまえ）

後に、ぼくたちの校長のクローゼ先生が、ポーランドの品物を授業中おおっぴらに首にかけていてはならぬと、マールケに注意した後――クローゼは管区長であったが、ナチスの制服で授業をすることはまれにしかなかった――ヨアヒム・マールケは、猫に鼠と間違えられたあの喉仏の下に、昔なじみの小さなお守りと鋼鉄製ドライバーだけをぶらさげることで満足していた。

彼はその黒ずんだ銀の処女マリアを、ピウスツキの青銅の肖像と、ナルヴィク（ノルウェーの港町、一九四〇年四月ドイツ軍が上陸した）の英雄ボンテ提督のはがき大の写真のあいだにかけた。

II

あの崇拝ぶり、それは冗談であったのか？　きみたちの家はヴェスター街にあった。きみのユーモアは、それがいくらか備わっていればの話だが、一風変わっていた。いや、きみたちの家はオスター街にあった。組合住宅の通りは、見たところどれも似ていた。だがきみは、バターつきパンばかり食べねばならなかった、そしてぼくたちは笑い、笑いはつぎつぎに伝染した。ぼくたちは、きみのことを笑わずにいられなくなるや否や、それが不思議でならなかった。ブルニース先生がぼくたちのクラス全員に将来の職業のことを訊ねたとき、きみは──そのころすでに泳げるようになっていた──「いつか道化師になって、みんなを笑わせます」と答えたのだが、四角い教室の中で笑う者はだれもいなかった──そしてぼくはびっくりした、というのは、彼がサーカスかどこかの道化師になりたいという意志を、はっきりと率直に、だれに聞かせるでもなく表明するあいだ、あまりにも生まじめな顔をしていたからである、そのため、彼がいつか、猛獣番組と空中ブランコのあいだに、見物人の面前で処女マリアにお祈りを捧げて、みんなをひどく笑わせることになるかもしれないということが、ほんとうに気づかわれたほどだった。しかし小舟の上でのお祈りは、たぶんまじめな気持ちから発したものだったろう――それともきみはふざけたつもりだったのか？

彼はオスター街に住んでいた、ヴェスター街ではなかった。その一戸建ての家の隣にも、両側にも、向かい側にも、同じような一戸建ての家が建っていて、それらは、家屋番号によってか、たまには違った柄のカーテンかその束ね方によって、区別がつくだけで、狭い前庭と対照的な草木の植え方を見ただけではほとんど見分けがつかなかった。それにどの前庭も支柱の上に巣箱をかけ、うわ薬をかけた蛙とか毒きのことか一寸法師の陶器で飾られていた。マールケの家の前には陶器の蛙がうずくまっていた。だが隣の家、その隣の家の前にも緑の陶器の蛙はいたのである。

つまり、その家の番号は二十四番で、ヴォルフス通りからやってきて、左側の四番目の家にマールケは住んでいたのである。オスター街は、それと平行に走っているヴェスター街同様、ヴォルフス通りと平行しているベーレン通りの右角に突き当たるのだった。ヴォルフス通りからヴェスター街にくだってくると、左手の赤煉瓦の屋根越しに、玉ねぎ型の銹びた丸屋根のある楼の前面と西側が見える。同じ方向にオスター街をくだってくると、右手の屋根越しに、同じ鐘楼の前面と東側が見えた。つまり、そのクリストゥス教会はちょうど、オスター街とヴェスター街のあいだの、ベーレン通りの向かい側にあった、そして緑の丸屋根の下の四つの文字盤で、マックス＝ハルベ広場から時計のついてないマリア聖堂まで、マクデブルク通りからシェルミュールに近いポサドウスキ通りまで、その界隈一帯に時を知らせていたのである。そしてプロテスタントとカトリックとを問わず、労働者、従業員、女の売り子、小学校生徒、高校生たちを、いつも正確に、宗派の別なく、仕事場や学校へ送りこんでいた。

マールケの部屋からは、楼の東側の文字盤が見えた。雨や霧の音が彼の真ん中から分けた髪の毛のすぐ上で聞こえる破風《はふ》屋根の中に、かすかに傾斜した壁に囲まれて、彼は自分の部屋を持っていた。それは、蝶の蒐集から好きな俳優やいっぱい勲章をつけた戦闘機乗りや戦車隊の将軍の絵はがきに至るまで、ありふれた子供のがらくたの詰めこまれた屋根裏部屋だった。だがその中には、頬のふくらんだ二人の天使を画の下の縁に連れたシスティナの聖母の、額縁にはめない着色石版画、さきにふれたピウスツキのメダルとチェストホワの慈悲深く神聖なお守りが、ナルヴィクを破壊した司令官の写真と並んで置いてあった。

最初の訪問のときすぐぼくの目についたのは白ふくろうの剝製だった。ぼくは彼のところから遠くないヴェスター街に住んでいた。だがぼくの話をするつもりはない、マールケのことか、マールケを常に念頭に置いたうえで、マールケとぼくのことに話をかぎろう。彼は髪を真ん中から分け、長靴をはき、永遠の猫を永遠の鼠から拒《しりぞ》けるために、その時どきによってあれやこれやを首からぶらさげて、マリアの祭壇に跪いた、彼は日に焼けたばかりの赤い肌をして水に潜り、ひどく震えながらも、いつもぼくたちより一歩先んじていた、そして泳ぎを習うか習わないうちから、いつか学校を出たら、サーカスの道化師になって、人びとを笑わせようと心に決めていた。

白ふくろうも生まじめに髪を真ん中から分け、マールケ同様の、まるで心の歯痛によってさいなまれたような、悩みそして静かに決意した救世主面《づら》をしていた。彼の父は、その爪を白樺の枝に掛け、細い縞模様だけを見せているこの鳥を、ていねいに保存して、彼に残しておいてくれたのであった。

白ふくろうと聖母の着色石版画とチェストホワの銀メダルをぼくは骨を折って仔細に検分したのだが、ぼくの目から見て、部屋の中心を形づくっていたのは、マールケがやっとの思いで小舟から引きあげてきた蓄音機《グラモフォン》であった。レコードは海中に一枚も見つからなかった。たぶん溶けてしまったのだろう。彼はクランクと針をつける音道がついたかなりモダーンな箱を、すでに銀メダルとそのほかいくつかの品物を彼に贈ってくれたあの士官室で探しだしたのであった。士官室は船の中央にあったから、ぼくたちにとって、ホッテン・ゾンタークにとっても、手の届かない場所だった。ぼくたちが潜りこむことのできたのは船の前部だけで、魚も通り抜けない暗い隔壁を通って、機関室やその隣の狭い船室へ行く勇気などなかったのである。

小舟の上での最初の夏休みも終わりに近づいたころ、マールケは蓄音機を持ってきたのだった——消火器と同様ドイツ製だった——そのためにおそらく十二回も潜ったことだろう、彼はその箱を船の前部のデッキへ通じるハッチの下まで、少しずつずらしてきて、最後に、ミニマックス消火器を引っぱりあげたのと同じ綱を使って、海中からぼくたちのいる艦橋へ引きあげたのであった。

ぼくたちは流れてきた材木とコルクで筏《いかだ》をでっちあげて、クランクの錆びついたその箱を岸まで運ぶことができた。ぼくたちは交替で引きずったのだが、マールケは引っぱらなかった。

一週間後に蓄音機は修理され、油を塗られ、金属の部分に青銅メッキを施されて、彼の部屋に鎮座していた。新しいフェルトがターンテーブルに張ってあった。彼はぼくの前で、その機械の蓋を開けると、レコードののっていない褪せた緑色のターンテーブルを回転させた。マールケは白樺の枝にとまった白ふくろうと並んで、腕を組んで立っていた。彼の鼠は動かなかった。ぼくはシスティナの着色石版画に背を向けて立ち、空っぽのまま軽く振動しているターンテーブルを眺めたり、屋根裏部屋の窓から、新しい赤煉瓦の屋根越しに、丸屋根の正面の文字盤と東側の文字盤が見えるクリストゥス教会のほうを眺めたりもした。六時が鳴る前に、掃海艇から拾ってきた蓄音機は単調にぎしぎしいいながら音絶えた。マールケは何度か蓋を開け、彼の新しい祭式、つまり次つぎに転調するさまざまな雑音、からまわしのミサに対して、ぼくがいつまでも興味を持ちつづけるように望んだ。そのころマールケはレコードを一枚も持っていなかった。

本は、真ん中がたわんでいる長い棚の上に並んでいた。彼はたくさん本を読んでいて、その中には宗教関係の本もあった。窓じきいの上のサボテン、ヴォルフ級水雷艇の模型、通報艦《こおろぎ》の模型のついでに、箪笥の上に洗面器と並んでいたコップのことにもふれておかなければなるまい、それはいつも曇っていて、親指の厚さの糖蜜がこびりついていた。

マールケは毎朝、前日の残り滓を捨てずに、そのコップの中で慎重に水と砂糖を搔きまぜて牛乳色のチンキ剤を作り、その液体で、生まれつき薄くて張りのない髪の毛の形を調えるのだった。彼は一度ぼくにもその液をわけてくれたので、髪に砂糖水を混ぜて櫛をあてたことがあった。実際その定着液で処理した髪型はいつまでも張りを失わず、夜まで型が崩れなかった。ぼくの頭皮はむずがゆく、ためしにさすってみると、両手は、マールケの手と同様にねばねばした――だがおそらくぼくは後になって、手がねばねばしたような気がしたのだろう、ほんとうはねばねばなんぞしなかった。

彼の部屋の下に三つ部屋があり、そのうち二つしか使っていなかったが、そこに彼の母と伯母が住んでいた。二人は、彼が家にいるとき、静かで、いつもおどおどしていたが、その子供を自慢していた。マールケは、成績からみて、一番ではないにせよ、出来のよい生徒だったからだ。彼は学校の勉強を軽く見ていたが、それは彼がぼくたちより一つ年上だったからである、母と伯母のいうところによれば、彼を、子供としては弱々しく病気しがちだというので、一年遅れて小学校へあげたのであった。

しかし彼はガリ勉型ではなかった、適当に勉強し、だれにでもノートを写させてやり、告げ口などはせず、体育の時間を除いては、格別の功名心を発揮しなかった、そして高校四、五年生(高校と訳した、当時のギムナジウムは九年制である)がよくやる不潔ないたずらに対して異常なほど嫌悪感を抱いていた。ホッテン・ゾンタークがシュテフェンス公園のベンチのあいだから見つけたサックを枝の先に突き刺して教室に持ってきて、ドアの把っ手に被せておいたときなど、彼は文句をいったものだ。半ば目の見えないトロイゲ先生は本来なら恩給をもらって退職すべき年だというのに、猛烈な詰め込み教育をやっていたので、みんなは彼に一杯食わせるつもりだった。だれかが廊下にいて、「きたぞ!」と叫んだ、そのときマールケは椅子からそっと立ちあがり、ゆっくりとした足どりで進み出ると、バターつきパンの包み紙で把っ手からコンドームをはずしたのであった。

だれも抗議しなかった。彼はそれをもう一度ぼくたちに見せた。そして今ぼくはいうことができる、彼はガリ勉型ではなかった、ただ適当に勉強しただけで、だれにでも写させてやり、体育の時間を除いては、格別の功名心を発揮せず、よくある不潔ないたずらには加わらなかったが、またしても彼は、一部は立派なやり方で、一部は不自然なやり方で喝采を博するまったく特別のマールケなのであった。けっきょく彼は後に、サーカスの演技場か、ひょっとしたら舞台に立つことを望み、道化師として稽古に励んでいた、そしてぬるぬるしたサックをはずすことで暗黙の賛成をかちえ、鉄棒で足掛け回転をして、銀の処女マリアが体育館の酸っぱい空気の中を旋回するとき、彼はほとんど道化師といってよかった。だがマールケがいちばん多く喝采を博したのは、夏休みのあいだ、沈んだ小舟の上でだった。ぼくたちは彼の物の怪《け》に憑かれたような潜水を、これ見よがしのサーカス番組だと思ったわけではなかったけれども。ぼくたちはまた、彼が蒼ざめ震えながら何回も小舟にあがってきて、拾ってきたものを高く差しあげてぼくたちに見せたとき、けっして笑わなかった。せいぜい、考えぬいた賞讃の言葉を吐いたまでだ、「この気違いめ、すごいぞ。貴様の神経をいただきたいものだ。貴様は気違い犬だな、ヨアヒム。どうやってまたこいつをはずしたんだい？」

　喝采に彼は気をよくし、首の跳びはねる喉仏は静かになった。また喝采は彼を当惑させ、その同じ喉仏が新たな刺激を受けた。たいてい彼は、新しい喝采を引き起こすようなことを拒絶した。彼は音頭取りなんぞではなかった。きみはけっしてこんなことはいわなかった、「この真似をしろ」とか、「だれかぼくの真似をしてみろよ」とか「きみたちは一人もまだやらなかったな、ぼくがおとつい立てつづけに四回潜って、船の真ん中の厨房から罐詰を取ってきたようなことは。たしかフランス製だった、蛙の股肉が入ってて、ちょっと犢《こうし》のような味だ、だけどきみたちは度胸がないんだな、ぼくがもう罐の半分も空にしたっていうのに、試してみようというやつはいない。ほら、二つ目も取ってきたぜ、罐切りも見つかった、だけど二つ目のやつは腐ってた、コンビーフだったよ」と。

いや、マールケはけっしてこんなことはいわなかった。彼はとてつもないことを実行した、たとえば、打印された文字からイギリスかフランス産だとわかる数個の罐詰を、小舟の昔の厨房から取ってきて、おまけに、まだまだ使える罐切りも海中で手に入れると、ぼくたちの目の前で黙って罐を開け、あの蛙の股肉とかいうやつをむしゃむしゃ食べ、嚙みながら、彼の喉仏を足掛けあがりさせた——いうのを忘れていたが、マールケは生まれつき大食いだったが、いっこうに太らなかった——そして半分食べてしまうと、無理強いするわけではないが、その罐をぼくたちのほうへ押してよこした。ぼくたちは礼をいって断わった。ヴィンターなどは覗き見しているうちにもう、空《から》の回転砲塔の一つによじのぼらずにはいられなくなり、無駄だとわかっていても、しばらく港の入口のほうを向いて吐き気をこらえていなければならなかった。

むろんマールケは、この人目を憚らぬ食事の後でも喝采を得たが、それを拒けて、蛙の股肉の残りと腐ったコンビーフを、彼が食べているうちから手の届きそうな近くを舞っていたかもめにくれてやった。最後に彼はブリキ罐を海に投げると、それといっしょにかもめも飛んで行った。そして彼は砂で罐切りを磨いた。罐切りだけは、マールケにとって保存に値するものだった。イギリス製ドライバーと同様に、またあれこれのお守り同様に、彼はその後、いつもというわけではなかったが、かつてのポーランド掃海艇の厨房で罐詰を探すときだけは——彼は胃をこわすことはけっしてなかった——その罐切りを紐につけて首からさげていた、そしてほかのがらくたといっしょにシャツの下にぶらさげて学校へ持って行き、マリア聖堂の早朝のミサにも引きずって行った。つまり、マールケが聖体拝領台に跪き、頭を反らせて、舌を突きだし、グセウスキ司祭がホスチア（ミサのときもらうパン）を舌にのせてくれるときにはいつも、司祭のかたわらにいる侍者はマールケのシャツの襟から中をのぞくのだった。きみの首には、聖母と油を塗ったドライバーと並んで、罐切りがさがっていた。きみにはそんな気はなかったのだろうが、ぼくはきみを賞讃した。たしかにマールケは賞讃を当てこむような男ではなかった。

　彼が泳ぎを覚えたその年の秋には、少国民部《ユングフォルク》（ヒトラー青少年団の下部組織で十歳から十四歳の少年が入る）から追いだされてヒトラー青少年団に押しこまれるということもあった、何回か日曜日に、午前中の奉仕をさぼり、彼の組《ユングツーク》（少国民部の一組織四十人からなる）——彼は組長だった——をイェシュケンタールの森の朝の集会に連れて行くことを拒絶したからである。このために彼は、少なくともぼくたちのクラスでは、大きな賞讃を博した。いつものように彼はぼくたちの意思表示を、冷静に、そして最後には当惑顔して受け流し、今やヒトラー青少年団の平団員でしかなかった彼は、その後も日曜日午前の奉仕をさぼった。ただ、十四歳以上の少年全員が参加しているこの組織の中では、彼がさぼっていることはそれほど目立たなかった。ヒトラー青少年団の指導は少国民部よりもずっとだらしがなく、マールケのような少年も潜りこんでいられる綱紀の弛緩した団体だったのである。加えて、彼は普通の意味で、反抗的ではなかった、一週間のうち定期的に、塾の夕、教育の夕に出席し、ますます頻繁に計画される特別運動、廃品回収、冬季救済事業のための寄付募集でも、空罐のがたがたいう音が日曜日の早朝ミサの邪魔にならないかぎり、せっせと働いていた。少国民部からヒトラー青少年団へ引きわたされたことなぞなにもめずらしいことではなかったから、マールケ団員はこの国家的少年組織の中で、相変わらず人に知られず無色のままであった、しかしぼくたちの学校では、すでに小舟の上での最初の夏休みの後で、彼には、特別の、悪くもなければ良くもない、伝説的な評判がまつわりついてしまった。頑固でもあり愛すべき点もある伝統を持ち、多彩な学帽をかぶり、しばしば学校精神を引き合いにだす普通の高校も、きみの育んだに違いないいろいろの期待をかなえてくれるかもしれないが、長いあいだには、きみにとってそれ以上の意味をぼくの学校が持っていたのは疑いのないところである。

「彼はどうしたんだ？」

「頭が変なんじゃないかな」

「たぶん、父親の死と関係があるのだろう」

「首のがらくたは？」

「彼はいつもお祈りに走って行くんだ」

「そのとき彼はなにも信じちゃいない、と思う」

「その点じゃ、あいつはもっともっと現実的だ」

「あの咽喉にぶらさげたやつ、今もそのままかい？」

「彼に訊いてみな、きみはあのころ彼に猫を……」

ぼくたちはあれこれと臆測し、きみを理解することはできなかった。泳げるようになる前は、きみは、時どき指名されてはたいてい正しく答えられる、ヨアヒム・マールケという平凡な生徒だった。だがぼくの記憶では、一年生かあるいはその後、いずれにせよきみがはじめて泳ぎを試みた前だが、ぼくたちは同じ席に坐っていた。あるいは、きみがぼくの後の席だったか、ぼくがシリングと並んで窓側の席だったのに対し、同じ並びの中央の席だったかもしれない。後で聞いたところでは、きみは二年生になるまでに眼鏡をかけるようになったとのことだが、ぼくは気がつかなかった。きみがいつもはいていた編上靴にはじめて気づいたのは、きみが自由に泳げるようになって、編み上げの長靴の靴紐を首からさげ始めたときである。あのころ、大事件がつぎつぎに世界を揺るがせていたが、マールケの年号では、自由に泳げるようになる前か後ということになる。つまり、いたる所で、突然にではなくしだいしだいに、最初はヴェスタープラッテで、次にラジオで、その次には新聞で、戦争が始まったとき、泳げもしなければ自転車にも乗れなかった一高校生の彼は、とりえのない男だった。後に彼の最初の登竜門となったあのチャイカ級掃海艇だけが、ほんの数週間にすぎないが、プッツィガー・ヴィーク湾、ダンツィヒ湾、ヘラ漁港で、その軍事的役割を演じただけであった。

ポーランド艦隊は強大ではなかったが、覇気はあった。ぼくたちは、たいていイギリスかフランスで進水したポーランドの新型艦に精通していて、その装備、トン数、速力を誤りなく、互いに唱え合うことができた、また同様に、あらゆるイタリアの軽巡洋艦、あらゆるブラジルの旧型戦艦とモニトル艦の名前などもずらずら並べ立てることができた。

後にマールケは、この知識の点でも衆に抜きんで、日本の駆逐艦の名前を、三八年に完成されたばかりの《霞》クラスの新型艦から、二三年に新型として登場したずっと速力の遅い《朝顔》クラスまで、すらすらと淀みなくいってのけた、すなわち、「文月、五月《さつき》、夕月、帆風、灘風、追風《おいて》」

ポーランド艦隊の名前をいう場合には、ひときわ早口になった。その中には《ブイスカヴィカ》と《グロム》の二隻の駆逐艦があった。二千トン、速力三十九ノット、だが開戦二日前に変針してイギリスの港に入り、イギリス艦隊に編入された。——《ブイスカヴィカ》は現存している。浮かぶ戦争博物館としてグディンゲンに横たえられ、学校の生徒が見物に行く。

同じくイギリスに逃れたのに駆逐艦《ブルザ》があった、千五百トン、三十三ノット。五隻のポーランド潜水艦のうちイギリスの港にたどりつくことのできたのは《ヴィルク》と、海図も司令官もなしで危険を脱した千五百トンの《オルゼル》だけであった。《リス》《ズビク》《センプ》はスウェーデンに抑留された。

開戦のときグディンゲン、プッツィヒ、ハイスターネスト、ヘラの港に残っていたのは、かつてのフランス巡洋艦で、練習艦と居住艦として使われていた老朽艦一隻と、ルアーヴルのノルマン造船所で建造され、普通三百個の機雷を積む二千二百トンの強力装備の敷設艦

《グリフ》だけであった。さらにただ一隻の駆逐艦《ヴィツヘル》と、以前ドイツ帝国海軍に属した数隻の水雷艇も残っていた。そしてあの六隻のチャイカ級掃海艇、速力十八ノット、七・五センチ艦首砲一門と回転砲塔に機関銃四機を備え、公称によれば二十個の機雷を携行した、あの六隻のチャイカ級掃海艇が機雷の敷設と掃海に従事していた。

そしてこの百八十五トンの掃海艇の一隻はとくにマールケのために建造されたものだった。ダンツィヒ湾での海戦は九月一日から十月二日までつづき、ヘラ半島の陥落後、次のようなまったく惨憺たる結果に終わった。ポーランド軍艦《グリフ》《ヴィツヘル》《バルチク》及びチャイカ級の《メヴァ》《ヤスコルカ》《チャプラ》の三隻は炎上して港で沈没。ドイツの駆逐艦《レーベレヒト・マース》は砲弾が命中して損害を受け、掃海艇M85はハイスターネスト北東でポーランドの対潜水艦機雷に衝突して沈没、乗員の三分の一を失った。

損傷の軽かった残りの三隻のチャイカ級だけが再建された。《ズラウ》と《チャイカ》はその後まもなく《オクストヘーフト》と《ヴェステルンプラッテ》の名で任務に就くことができたが、三番目の《リビトヴァ》はヘラからノイファールヴァッサーに曳航されたとき、浸水して沈没し、ヨアヒム・マールケを待ち始めたのである。つまり、次の年の夏、《リビトヴァ》と名前の彫られた真鍮の名札を拾いあげたのは彼だった。後で聞いた話では、ドイツ兵の監視下に操舵を命じられたポーランドの一士官と一下士官が、有名なスカパ・フロウ（スコットランド北方オークニイ諸島のイギリス海軍基地一九一九年そこに抑留されていたドイツ艦隊が自沈した）の例にならって、その艦を沈没させたのだという。

いろいろ理由はあったのだろうが、それはノイファールヴァッサーの水路とブイの近くで沈没した、そして幸いそのあたりに多い砂州の一つに乗りあげていたのだが、引きあげられることもなく、その後戦争のあいだじゅう、艦橋と、手すりの残骸と、曲がった排気孔と、解体された艦首砲の砲座を最初は異様に、次には馴染み深く海から突きだし、きみヨアヒム・マールケに一つの目標を与えたのである。それは四五年二月グディニヤ港口で沈められたあの戦艦《グナイゼナウ》がポーランドの生徒たちの目標になったのにほぼ似ていた。潜水して《グナイゼナウ》の内臓を取りだしたポーランドの少年の中に、マールケのように物の怪に憑かれて水に潜ったものがいたかどうかは、いぜんはっきりしないにしても。

III

彼は美男子ではなかった。できたら喉仏の整形をすべきだった。おそらくすべての源は、もっぱらその軟骨にあったのだろう。

しかし、そいつにはそれ相応の理由があった。すべてを釣り合いで証明しようとしても、それはできないことだ。それに彼の魂はぼくにはぜんぜん見当もつかなかった。彼がなにを考えているのか、聞いたことなぞなかった。けっきょく、彼の首と、それに釣り合うたくさんの錘《おもり》はいぜんそのままなのである。彼がパンでふくらんだ包みを学校や海水浴場へ引きずって行き、授業中や海水浴の直前に、マーガリンを塗ったパンを平らげるということも、鼠を暗示するもう一つのようすがであるにすぎない、なぜなら鼠もいっしょに噛み、飽きることがなかったからだ。

マリア祭壇に向かって祈るということもいぜん変わってはいない。彼は十字架にかけられた男に格別興味を持ったわけではなかった。目立ったことは、彼が指先を互いに組み合わせるとき、たしかに首のところの上下動が消えてしまったり、まったく静止してしまうことはなかったが、祈りながら高速度写真を見るようにものを嚥みこみ、そしてシャツの襟の上、結び紐や靴紐や鎖にぶらさげた飾りの上で絶えず動いているエレヴェーターから、極端に様式化された手の動きによって人の目をそらすことができたということである。

ふだんは彼にとって、少女というものは大した意味を持っていなかった。彼には妹がいたのだろうか？　ぼくの従姉妹たちも彼の役に立たなかった。彼のトゥラ・ポクリーフケとの関係は数に入らない特殊なもので、サーカスの番組としてなら——彼は道化師になりたがっていた——まんざらでもなかったろう、つまり細い脚の小さな雀のようなトゥラは、少年のようなものだともいえたろう。いずれにせよ、ぼくたちが小舟の上で二度目の夏をあたふたと過ごしたとき、気が向けばいっしょに泳いだこのきゃしゃな娘は、ぼくらが水泳パンツを気にし、錆の上で裸で無作法な振舞いに及び、どうしてよいかぜんぜんわからないか、ほんの少ししかわからないときでも、ぼくたちの前で顔を赤らめることは一度もなかった。

トゥラの顔は点とコンマと線一つでスケッチすることができたろう。ほんとうなら、彼女の足の指のあいだには水かきがついているところだった、それほど軽々と彼女は水に浮いたのである。いつも彼女は、小舟の上にいるときでも、海草とかもめと酸っぱい銹に取り巻かれているにもかかわらず、家具屋の膠《にかわ》の匂いがした、父が彼女の伯父の家具屋で膠の仕事をしていたからだ。女は皮と骨と、そして好奇心からできていた。ヴィンターかエッシュがもう我慢しきれなくなり、彼らの小銭《オボルス》を支払うのを、トゥラは手で顎を支えたままじっと眺めていた。ヴィンターはすますのにいつも長くかかるのだったが、彼女は背を丸めて彼と向かい合ってうずくまり、口をとがらせた、「ねえ、ずいぶん長いのね」

いよいよ道具が絶頂に達し、銹の上をびしょびしょに濡らすと、やっと彼女はほんとうにそわそわしだし、さっと腹匍《はらば》いになり、鼠のように目を細めて、のぞきにのぞき、無我夢中の状態を発見しようとし、ふたたびかがみこみ、跪き、X脚ぎみにそこに立ち、しなやかな大きい爪先で掻きまわし始め、しまいには爪先が銹で赤く泡立った、「ねえ、すごいわ！今度はあんたの番よ、アッシェ」

このけちな遊びに——それにまったく無邪気な遊びだったが——トゥラはけっして退屈しなかった。彼女は鼻声でねだった、「さあ、おやりよ。今日まだやってないのはだれ？　あんたよ、今度は」

いつも愚かで気立てのいいやつはいた、彼らはぜんぜんその気がないのに、彼女にのぞかせるために、その労働を引き受けた。トゥラがもっともらしい言葉を見つけてそそのかすまで、たった一人、遊びに加わらなかったのは――それゆえにこのオリンピックを描写するのだ――泳ぎも潜水も上手なヨアヒム・マールケだった。ぼくたち全員が、すでに聖書で明らかにされているこの作業に、一人であるいは――良心糾明の栞に述べられているように――二、三人で専心しているあいだ、マールケはいつも水泳パンツをはいたまま、無理矢理ヘラ半島のほうを眺めていた。彼が家で、あの白ふくろうとシスティナの聖母に囲まれた自分の部屋で、同じスポーツをやっているのを、ぼくらは固く信じていた。ちょうどそこへ水から彼があがってきて、いつものようにぶるぶるっと身体を震わせたが、見せることのできるものはなにも持ってこなかった。シリングはすでに一度トゥラのために労働していた。沿岸用モーターボートが一隻、自力で港に入って行った。「もう一度おやりよ」トゥラはねだった、シリングがいちばんたくさんやれたからだ。泊地には一隻も船はいなかった。「泳いだ後はだめだ。明日もう一度やるよ」シリングの気を持たせる言葉を聞くと、トゥラはくるりと踵をかえし、爪先をひろげてあやうくマールケに向かって立った。彼はいつものように羅針箱のうしろの日陰で歯をがちがちさせていたが、まだ坐ってはいなかった。艦首砲を備えた大洋用の引き船が港を出ていった。

「あんたもできる？　やってごらんよ。それともできないの？　したくないの？　しちゃいけないっていわれてるの？」

　マールケは日陰から半分出てくると、手のひらと手の甲で、トゥラのちまちまとまとまった小さな顔の左右を軽く打った。首にさげた例のものが場所を変えた。ドライバーも狂ったように動いた。トゥラはむろん一滴も涙を流さなかった、口を閉じたまま間の抜けた笑い声を立てて、彼の前で笑いころげ、ゴムのような肢体をくねらせると苦もなくブリッジして、細い脚のあいだからいつまでもマールケのほうを眺めていた、すでにまた日陰に入っていた彼は――そして引き船は北西に変針した――とうとう「よし」といった。「おまえを黙らせてやるからな」

　トゥラはすぐさまブリッジをやめ、マールケが水泳パンツを膝までまくりおろしたときには、いつものとおり足を組んでしゃがんでいた。少年たちは道化芝居にびっくりした。右手の関節をちょこちょこ数回動かすと、彼の先端はふくれあがり、亀頭が羅針箱の陰から伸びだして日に照らされた。ぼくたち全員が半円形に集まったのは、やっとマールケの起きあがりこぼしが陰の中で手足を伸ばしたときだった。

「さっさとやっちゃっていいかい？　ほんとにさっさとだぜ」トゥラの口は開きっぱなしだ

った。マールケはうなずくと、右手を下にさげたが、指を曲げずに支えたままでいた。トゥラの傷の絶えない両手が、試しに指さきで触っただけでふくれあがったあの物を、我を忘れてしごき、静脈を怒張させ、亀頭を突きださせた。

「ちゃんと長さを測れ」とユルゲン・クプカが叫んだ。一度はすっかり、一度はわずかにトゥラは左手を開いた。だれかが、そしてまただれかが囁いた。「少なくとも三十センチはある」もちろん誇張だった。ぼくたちの中でいちばん長い棹の持ち主であるシリングは、自分のものを取りだして立たせ、マールケのと並べてみなければならなかった。第一に、マールケのが一回り太かった、第二にマッチ箱だけ長かった、そして第三に、はるかに大人びて、危険で、崇拝に値するもののように見えた。

彼はもう一度それをぼくたちに見せてくれたのだが、すぐさま二度目を見せてくれたのは、彼が二度つづけて勝利の女神にいささか――ぼくたちはそう呼んでいた――そそのかされたからである。膝を少し曲げてマールケは羅針箱のうしろの曲がった手すりのすぐ前に立ち、ノイファールヴァッサーのブイの方向をじっと目を凝らして、姿を消してゆく大洋用引き船の水面を匍《は》う煙の跡を追い、出港するチャイカ級の水雷艇には目もくれなかった、そしてわずかに舟べりからはみ出た爪先から、真ん中で分けた髪の分水線に至るまで、その横顔を見せていた。注目すべきことは、彼の性器の長さによって、ふだん際立って出張っている喉仏が相殺され、奇怪ではあるがよく計算された調和が、彼の身体のでこぼこを直していたことである。

マールケは、最初の積み荷を手すり越しに射出するやいなや、ただちにふたたび最初からやり始めた。ヴィンターは防水した腕時計で時間を計った、出港する水雷艇が突堤の先からブイまで要するのとほぼ同じ秒をマールケも要した。彼は水雷艇がブイを通過したとき、一回目とまったく同じ量を失った。ぼくたちは腹がよじれるほど笑ったが、それは、かもめたちが、時たまさざ波を立てるだけの平らな海面で揺れているあの液体に襲いかかり、もっとくれとうるさく鳴いたからである。

ヨアヒム・マールケは、これと同じ量の射出をくり返したり、さらに記録を伸ばす必要はなかった、ぼくたちのだれ一人、いずれにせよ泳いだりあくを抜く潜水の後では、彼の記録に到達するものはいなかったからだ。ぼくたちはなにをやるにしろ、スポーツを楽しんだのであり、規則を尊重したのだ。

おそらく彼からいちばん強い印象を受けたのはトゥラ・ポクリーフケであったのだろう、彼女はしばらく彼の後をついてまわり、小舟の上ではいつも羅針箱の近くにしゃがみこみ、マールケの水泳パンツをじっと見つめていた。二、三度彼女は彼にねだったが、彼はどんな要求をもはねつけた、怒ったふうには見えなかったが。

「あのことを告解しなければならなかった？」

マールケはうなずき、彼女の目をそらさせるために、靴紐につけたドライバーを玩《もてあそ》んだ。

「一度あたしを海の中へ連れてってて？　一人だと恐いの。賭けてもいいけど、下にはまだ死体があるわ」

教育してやろうとの理由からだろうが、マールケはトゥラを前甲板の下へ連れて行った。彼は彼女とずいぶん長いこと潜っていた、彼が彼女を水中から連れもどったときには、彼女は暗黄色になって彼の手の中でぐったりしていたほどだ、そしてぼくたちはどこにもふくらみのない軽い身体を逆立ちさせねばならなかった。

その日以来、トゥラ・ポクリーフケはもはやほんの数回しかぼくたちの中に加わらなかった、それに彼女は同年輩のほかの少女たちよりすてきな女であったけれども、小舟の中の死んだ水夫のことを絶えずおしゃべりしているので、ますますぼくたちの神経に触ったのである。しかしそれは彼女にとっての大問題だった。「あたしのためにあれを取ってきてくれた人には、許してあげるわ」とトゥラは報酬を約束した。

ぼくたちはみんな前甲板下の海中で、マールケは機関室で、互いにそ知らぬ顔をして、半分溶けてしまったポーランドの水兵を探したということは、ありうるかもしれない。こんな熟してもいない女を突っつきたいためなんかじゃなく、ただ単純にそうしたまでだ。

しかしマールケでさえなにも見つけなかった、見つかったものといえば、いくつかの海草のまつわりついた壊れたがらくたで、そこからとげ魚が跳ねだしてきて、とうとうかもめたちがそれに気づき、ご馳走様といっただけである。

いや、マールケはトゥラをたいして問題にしていなかった。後に彼女は彼と関係を結んだという噂だったにしても。彼は少女に気がなかった、シリングの妹に対してもそうだった。ベルリンからきたぼくの従姉妹たちを、彼はまるで魚のような目で見つめた。気があるとすれば、彼の場合、それは少年に対してであった。このことで、ぼくは、マールケが倒錯していたのかもしれぬというつもりはない。ぼくたちが規則的に、海水浴場と、海底に腰をおちつけた小舟とのあいだを往き来していたあの数年間、自分たちが男の子であるか女の子であるかをけっしてはっきりと意識してはいなかった。そもそも――後にはこれに反していろいろの噂や確たる証拠があったかもしれぬが――マールケにとって存在したのは、それが女性であっても、カトリックの処女マリアだけであった。彼女のためにだけ、彼は首にぶらさげて見せびらかしていたすべてのものをマリア聖堂へ運んだのだ。潜水から、後年のもっと勇敢な行為に至るまで、すべてを彼は彼女のために行なったか、あるいは——たしかにぼくの言は矛盾しているが——喉仏から目をそらさせるために行なったのである。けっきょく、処女マリアと鼠もそうなのだが、さらに第三の動機も考えられるだろう、すなわち、かび臭い風通しの悪い箱みたいなぼくたちの高校、とくに大講堂はヨアヒム・マールケにとって重要な意味があり、それが後になって、きみに最後の努力を強いることになったのだ。

今こそ、マールケがどんな顔をしていたか語るべきときである。ぼくたちの何人かは戦争を生きのびて、小さな小都市や大きな小都市で暮らしているが、肥満し、禿げあがり、小金もたまったというところだ。ぼくはシリングとデュースブルクで会い、ユルゲン・クプカとブラウンシュヴァイクで話した、彼がカナダへ移住する直前のことである。二人ともすぐさま喉仏のことを話題にした、「おい、やつの咽喉にはなにかなかったか。猫のこと覚えてないか。猫をあいつの首にけしかけたのは、きみじゃなかったか……」そしてぼくは話の腰を折らねばならなかった、「覚えてないな、覚えているのは顔だけだよ」

とりあえずぼくたちの意見が一致したのは、次の点だった、彼の目は灰色か青灰色で、澄んでいたが輝いてはいなかった、いずれにせよ褐色でなかったことは間違いない。顔は痩せた長目の顔で、頬骨のあたりは筋ばっていた。鼻は際立って大きくはないが肉づきがよく、寒い冬にはすぐ赤くなった。後頭部が出張っていたことはすでに述べた。マールケの上唇の点ではぼくたちの意見がなかなか一致しなかった。ユルゲン・クプカはぼくの意見に賛成だった、すなわち、唇は反り気味に突き出ていて、とにかく垂直にではなく猪の牙のように斜めに生えている二本の上の門歯をすっかり蔽い隠すことはできなかった――もちろん、潜水のときは別だが。そう言いながら、ぼくたちはもう疑い始めていた、思いだしてみると、あの小さなポクリーフケも反った唇をしていて、いつも門歯が見えていたのだ。ぼくたちはけっきょく、上唇の点だけとくに、マールケとトゥラを取り違えていたのかどうか、あやふやだった。たしか彼女だけがそんな唇をしていたのだろう、彼女がそうなのは確かなのだ。

デュースブルクのシリングは――ぼくたちは駅の食堂で会った、彼の妻は不意の訪問にいい顔をしなかったからだ――ぼくたちの教室で数日間にわたる騒ぎの因《よすが》となったあのカリカチュアのことを思いださせてくれた。四一年だったと思うが、家族といっしょにバルト海の国から引っ越してきた、ブロークンだがぺらぺらしゃべる背の高い少年が、ぼくたちのところに現われた、貴族で、いつも垢抜けた格好をし、ギリシア語ができ、書物のように長談義を好んだ、父親は男爵で、冬には毛皮の帽子をかぶっていた、姓はなんというのだったか、とにかく名前のほうはカーレルだった。そいつはスケッチがうまくて、まったく手早く描いた。モデルがあるときもあれば、無いときもあった、たとえば、狼に囲まれた馬ぞり、酔っぱらったコサック騎兵、『前衛《シュトゥルマー》』に載っていたようなユダヤ人、ライオンにまたがる裸の少女、一般に裸の少女はすらりとした陶器のような脚をしているが、けっして不潔ではない、その代わり、ボルシェヴィキは小さな子供たちを歯で嚙み裂く、カール大帝のような服を着たヒトラー、長いショールをなびかせた婦人たちがハンドルを握っている競走自動車。そして筆かペンか赤鉛筆でどんな紙切れの上にも、あるいはチョークで黒板に、先生や同級生の似顔を描くのは、とくに素早く巧みだった。いずれにせよ、彼はマールケを、赤鉛筆で紙の上にではなく、チョークをぎしぎしいわせながら黒板にスケッチしたのだ。

マールケの顔をまともに描いたのだった。そのころすでに、彼は真ん中で分けた髪を砂糖水で固めた猿のような頭をしていた。顔は、顎のほうがとがっている三角形に描かれた。口は不機嫌にしっかり結んでいる。猪の牙のような印象を与える門歯は跡形も見えない。目は痛々しく吊りあがった眉毛の下で突き刺すような点である。半分横を向いている首には喉仏のお化けがからみついている。そして頭と受難の表情のうしろには、円く後光が射していた、つまり救世主マールケは完璧であり、その効果に欠けるところはないのだった。

ぼくたちは自分の席から囃し立てたが、やがてわれに帰った、だれかが愛らしいカーレル某のボタンをつかみ、最初はただの拳で、次には首からはずした鋼鉄のドライバーを手にして、教卓のかたわらで叩きのめそうとしたのだが、あやうくぼくたちが中に入って二人を分けたのであった。

きみの救世主の似姿をスポンジで黒板から消したのは、ぼくであった。

Ⅳ

皮肉なしで、また皮肉を籠めていえば、おそらくきみは道化師にはなれなくても、流行をつくるような、そういった人にはなれたろう。というのも、二度目の夏を小舟で過ごした後の冬に、いわゆる房飾りをはやらせたのはマールケだったのだ、一色のもあれば幾色か混じったのもあるが、いつも二つ一組になっているピンポン玉ほどの毛糸の玉が、編んだ毛糸の紐につながれて、ネクタイのようにワイシャツの襟の下にぶら下げられ、ほぼ蝶ネクタイを結ぶやり方で、玉と玉とが対角線上にくるように前で結ばれた。ぼくが確認したところでは、戦争が始まって三年目の冬から、とくに高校生のあいだで、この小さな玉あるいは房飾り——ぼくたちはそう呼んでいた——を身につけるようになった、ほとんどドイツのいたる所で流行したのだが、いちばんひどかったのは北ドイツと東ドイツである。ぼくたちの所ではマールケが最初だった。彼がそれを発明したのだといってもよいくらいだった。たぶん彼がその発明者だったのだろう、彼は何個か房飾りを持っていたが、そのいうところによれば、毛糸の残り、洗いざらしてけば立った毛織物、死んだ父親の何回も繕った毛の靴下から、伯母のズージーに編んでもらったものだった、そして、それを目立つように首のところで結んで、学校へ持ってきたのだった。

十日後には、それは呉服屋に姿を見せ、まだ恥ずかしそうにあやふやな格好をして、勘定場のそばのボール箱の中にあったが、まもなく、そしてこれが重要なことなのだが、配給券不要と書かれて、麗々しくショウウィンドウに飾られ、さらには商売と無関係に、ラングフールから、東ドイツと北ドイツを通って勝利の行進を開始したのであった、そして――何人も証人はいるが――ライプツィヒや、ピルナにさえ運ばれ、マールケがもう房飾りをやめてしまった数カ月後には、転々と飛び火して、ラインラントやプファルツにまで流行した。ぼくは、マールケが彼の発明品をふたたび首からはずした日を正確に覚えているが、そのことは後で書くことにしよう。

ぼくたちはまだしばらく房飾りをつけていたのだが、けっきょくそれは、ぼくたちの校長であるクローゼ先生が、房飾りをつけることは女々しいことであり、ドイツ少年にふさわしくない、よって校舎内でも運動場でもそれを禁止する、といったことに対する反抗からであった。クローゼの命令は回覧板でまわってきて、どの教室でも読みあげられ、多くの生徒がそれに従ったが、それは彼の授業時間だけのことであった。停年後、戦争のあいだ再度教壇に立っていたパパ・ブルニースのことを、房飾りのことでぼくはまだ覚えている、彼は何度も、この色とりどりの房飾りをからかったものだ、そしてマールケがもはや身につけることをやめた後だが、一、二度は自分の立ち襟カラーの前に房飾りを結び、そんないで立ちで、アイヒェンドルフの「暗い破風屋根、高い窓……」か別の詩だったか、とにかく彼の愛唱するアイヒェンドルフを引用したことがあった。——オスヴァルト・ブルニースは美食家で、甘いものには目がなかった、後に、生徒に分配すべきヴィタミン錠を着服したかどで、だがおそらくは政治的理由からだったろう——ブルニースはフリーメーソンだった——校舎に監禁された。生徒たちは訊問を受けた。ぼくは彼に不利なことはいわなかったつもりだ。彼の養女は、バレエのレッスンを受けている人形のような子だったが、喪服を着て街を通っていった。彼はシュトゥットホーフへ運ばれ、そこに留まっている——本筋から離れたこの暗い物語については、別の場所で、ぼくの手によってではなく、しかもマールケとは無関係に、書かれることを望む。

房飾りに話をもどそう。むろんマールケは、彼の喉仏になにか格好のいいものをつけようとして、これを発明したのであった。しばらくは、それで、野放図に跳んだりはねたりする喉仏をおちつかせることができたが、房飾りが、いたる所で、しかも一年生のあいだで流行するや、それはもう発明者の首でも目立たなくなった。そしてぼくは、四一年と四二年の冬のあいだ——冬は彼にとって、都合の悪い季節であったに違いない、潜水はできないし、房飾りも役に立たなかったからだ——ヨアヒム・マールケが、たえず記念碑のようにひとりぼっちで、オスター街をくだり、マリア聖堂のほうへベーレン通りをのぼってくるのを見た、編み上げの黒い長靴で灰の撒かれた雪をきしませながら。帽子は被っていなかった。ぴんと立った耳は真っ赤でガラスのようだった。後頭部のつむじを中心に真ん中から分けられた髪の毛は、砂糖水と寒気のために強張っていた。苦しそうに眉を寄せ、恐怖にとらわれた水色の目は、現に存在する以上のものを見ていた。外套の襟を立て——その外套も死んだ父親のおさがりだった——灰色のウールの襟巻を貧相なほど尖った顎の下でぴったりと重ね合わせ、遠くからでもはっきりわかる大きな安全ピンでずれるのを防いでいた。二十歩ごとに右手を外套のポケットからだして、首の前の襟巻の位置を確かめた——道化師たちが、サーカスのグロックや映画のチャップリンも、似たような大きな安全ピンをつけて演技しているのを、ぼくは見たことがある——そしてマールケも稽古していた、男たち、女たち、休暇を取った制服の軍人たち、子供たちが、一人でまたグループをつくって、雪の上を彼のほうに近づいてきた。マールケも含めてすべての人の息が、口から離れると、肩を越えて白く流れた。彼に向かって歩いてくるだれもの目が、おかしな、非常におかしな、たまらなくおかしな安全ピンに注がれている――そうマールケはひとりで考えていたことだろう。

厳しく乾いた同じ冬、ぼくは、ベルリンからクリスマス休暇を過ごしにやってきた二人の従姉妹を連れ、また二人ずつ組になるようにシリングも誘って、氷結した海を渡って、氷に閉ざされたぼくたちの掃海艇へピクニックに行った。ぼくたちはほんのちょっぴり威張ってみたかったのだ、そしてベルリンの贅沢な暮らしに慣れた、きれいで艶々していて縮れた金髪の娘たちに、なにかめずらしいものを、ぼくたちの小舟を見せてやりたかったのである。またぼくたちは、市電の中や海岸では気がねしいしい振舞っていたこの女の子たちと、小舟の上でなにかとてつもないことを、それがなんであるかはまだわからなかったが、しでかすことができるかもしれぬと期待していたのである。

マールケはそのぼくたちの午後をだいなしにしてくれた。砕氷船が港に入る水路を何回も切り開かねばならなかったために、近くの小舟にまで氷塊が押されてきて、互いにぶつかり合い積み重なって、風が吹けば触れ合って音を立てる峨々《がが》たる氷壁をつくり、それが艦橋の一部を蔽い隠していた。ぼくたちがはじめてマールケの姿を認めたのは、大人の身長ほどもある障害物の上に立ち、少女たちを引っぱりあげたときのことだった。艦橋、羅針箱、艦橋のうしろの排気孔、そのほかまだ艦上に残っていたものが、一塊の青白い釉薬《うわぐすり》をかけられたボンボンを形づくり、それを寒さにこごえた太陽が空しくなめていた。かもめたちはいなかった。彼らはずっと外にある泊地に、氷で閉じこめられて傾いている貨物船の上を飛んでいた。

もちろんマールケは外套の襟を立て、襟巻を顎のすぐ下で結び、前に安全ピンを留めていた。真ん中で分けた髪の上になにも被っていなかったが、清掃人夫やビールの運送人がつけているような黒くて円い耳蔽いが、横梁のように髪の分け目と交叉しているブリキの弦《つる》に支えられて、ふだんは突き出ているマールケの両の耳を押さえていた。

彼はぼくたちに気づかなかった、氷に蔽われた前甲板で、おそらく汗をかくほど、なにやらせっせと仕事をしていたからだ。彼は手斧でそのあたりの氷を割ろうとしていた、そこの幾重にも重なった氷の下には、艦の前部へ通じるハッチが口を開けているはずだった。小刻みに素早く斧をふるって、下水の蓋ほどの大きさの円い穴をうがっていた。シリングとぼくは障害物から跳びおり、少女たちを抱きとめて、彼の前におろした。彼は手袋を脱ぐ必要はなかった。手斧を左手に持ちかえただけで、みんなに、ひりひりするほど熱い右手を差しだしたが、その手はすぐにまた手斧にもどり、ぼくたちが手を差しだしたときには、溝を刻んでいた。二人の少女は口を軽く開けたまま立っていた。小さな歯が冷たくなった。吐く息がスカーフに霜を結んだ。きれいな目で彼女らは、鉄と氷が嚙み合うのを見つめていた。ぼくたちは、帰ろうぜ、と言いながらも、かたわらに立って、彼に怒りを覚えていたにもかかわらず、彼の潜水について、つまり夏の出来事を話し始めた、「小さな名札を取ってきたんだ、それから消火器、罐詰もだ、すぐ罐切りで開けてみたら、人肉が入っていた、蓄音機からは、上に引きあげたら、なにか匍いだしてきた、それから一度は……」

少女たちにはすべてが理解できたわけではなかった、愚劣きわまる質問を発して、マールケにいった、「あなたがねえ」彼は動ずる色もなく刻んでいた、そしてぼくたちがあまりにも大声で彼の潜水の栄誉を氷の上にひろめたときには、耳蔽いをつけた頭を横にふったが、空いている手で襟巻と安全ピンを手探りするのを忘れはしなかった。ぼくたちが話すことがなくなり、ただ寒さに震えるばかりとなったとき、彼はまっすぐ立ちあがりはしなかったが、二十回打つごとにしばらく休み、それを、控え目な言葉とぶっきらぼうな報告で満たした。

確信をもって、また同時に当惑しながら、彼はもっとささやかな潜水のことを強調し、危険を冒した探検については話すまいとし、沈没した掃海艇内部の水中での冒険よりは、今やっている仕事のことを多く語った、そして氷の甲板にますます深く溝を掘った。ぼくの従姉妹たちがマールケに魅せられたということはない。その代わり、彼の言葉の選び方もあまりに間が抜けており、機知に乏しかった。それに二人の女の子にしたって、おじいちゃんみたいに黒い耳蔽いをつけたこんな少年なんかと関わりを持ちはしなかったろう。だが、ぼくたちは帰ろうと言いながら、立ち去れないでいた。彼のおかげで、ぼくたちは、小さな凍った子供にされてしまい、当惑し鼻をすすりながら、ちゃんとその場に立っていた。そしてこれをしおに、少女たちは、帰り道でも、上から見おろすようにぼくとシリングを扱ったのである。

マールケは居残り、穴をすっかり掘って、その場所がハッチにぴたりと当たっていることを自分で納得するつもりだった。なるほど彼は「穴を開けてしまうまで待っててくれ」とはいわなかったが、すでに氷壁の上に立っていたぼくたちの出発を、わずか五分間だが遅らせた、つまり彼は低い声で、だが上にいるぼくたちに向かってではなく、むしろ泊地で氷結した貨物船の方向に、なにか言葉をまき散らしたためである、背筋を伸ばしはしなかったが。

彼はぼくたちに手伝ってくれと頼んだ。それとも、ていねいな言葉だったが、命令したのだったろうか？　とにかくぼくたちは、楔形《くさび》に掘られた溝に小便をしてくれといわれたのだ、温かい小便で氷を溶かすか、少なくとも柔らかくするつもりだったのである。シリングだったかぼくだったか、「まっぴらだ！」とか「もう帰りかけているんだ」という前に、ぼくの従姉妹たちが明るい喚声をあげて、助け舟をだした、「いいわ！　だけどあなたたち向こうを向いてなくちゃ、あなたもよ、マールケさん」

マールケは二人に、どこにかがんだらよいか説明した後——噴水は必ず同じ場所に当てなければならぬ、そうしないと効果がない、と彼はいった——氷壁によじのぼってきて、ぼくたちといっしょに海岸のほうを向いた。うしろで、くすくすいう笑い声や囁き声に混じって、同時に二重唱でじゃーという音がしているあいだ、ぼくたちは、ブレーゼンの前や凍結した桟橋の上の黒い蟻のような人の群れに目をこらしていた。数えてみたら十七本ある海岸遊歩道のポプラは砂糖をまぶしたようだ。オベリスクのようにブレーゼンの林から頭をだしている戦歿者記念碑の尖端の金の玉は、昂奮して、ぼくたちに閃光を送ってよこした。どこもかしこも日曜日だった。

少女たちがスキーズボンを引きあげ、ぼくたちが下の溝のまわりに爪先立ちで立ったときにも、輪はまだ湯気を立てていた、マールケが用意周到に斧で十文字の印をつけた二個所は、とくにそうであった。薄黄色の小便はまだ溝に残っていて、みしみし音を立てて滲み出た。溝の縁はみるみる緑金色に染まった。氷は哀れな声で歌った。ほかに匂うものはなく、対抗する匂いもなかったので、鼻をつく臭気がいつまでも残っていて、マールケがゆだった部分に沿って斧を入れ、普通の、バケツがほぼ一杯になるほどの氷の粥《かゆ》を溝から掻きだしたとき、その臭気はもっと強烈になった。とくに、印をつけた二つの個所で、彼は十分深く縦穴を掘ることに成功した。

柔らかい氷の薄板は、わきへ積み重ねられると、寒さのためただちに凍りつくのだったが、そのときマールケは二つの新しい個所に印をつけた。少女たちがそっぽを向かなければならぬ番だった、ぼくたちはボタンをはずし、マールケの手助けをした。氷の甲板をさらに何センチか溶かし、二つの新しい穴をうがったのだが、いぜん十分な深さはえられなかった。マールケは自分では小便をしなかった。ぼくたちもそれをすすめなかった、むしろ、少女たちが彼をけしかけやしないかと恐れたくらいだ。

小便がすむと、従姉妹たちが口を開く前に、はやくもマールケはぼくたちをどかせた。ぼくたちがふたたび氷壁の上に立ち、うしろをふり返ったときに、彼の襟巻は安全ピンもろとも、首を自由にすることなしに、顎と鼻の上に引きあげられていた。赤白まだらの毛糸の玉あるいは房飾りは、襟巻と外套の襟のあいだで、新鮮な空気にふれていた。彼はもうふたたび、ぼくたちと少女たちがさらさらと音を立てたあの溝を刻んでいた、太陽が掻きまぜる洗濯場の匂いのはかないヴェールの背後で背をかがめていた。

ブレーゼンへもどる道すがら、話はもっぱら彼のことにかぎられた。二人の従姉妹はかわるがわる、あるいは口を揃えて、全部答えるわけにはいかぬ質問をしてきた。なぜマールケが首の包帯のように顎のところまで襟巻をあげているのかを妹が知りたがり、姉のほうも襟巻のことを話題にしたときはじめて、シリングはこのちょっとした機会を捕えて、マールケの喉仏の説明を始めた、まるで甲状腺腫が問題だといわんばかりに。また彼は大げさになにか嚥みこむ動作をしてみせ、マールケの嚙む真似をし、スキー帽を脱いで、髪の毛を指でそれとなく真ん中から分けたりした、そのためとうとう少女たちは笑いだし、ヨアヒム・マールケは変わり者で、頭がちょっとおかしいのじゃないかと、言いだす始末だった。

しかし、きみを犠牲にして、このようにささやかな勝利感を味わったにもかかわらず――ぼくもいささか力を貸し、きみの処女マリアに対する関係を真似して見せたのだ――ぼくの従姉妹たちは一週間後にベルリンへ帰って行った、ぼくたちは、彼女らと映画館で、だれもがやるようにいちゃついたことを除けば、なにもすてきなことはやれなかった。

ここで隠しておくわけにはいかないだろう、ぼくは翌日かなり朝早く、電車でブレーゼンへ行き、海岸の濃い霧の中を氷の上を走って行ったのだ、ぼくは小舟を危うく通り過ぎるところだった、前甲板の氷の穴はすっかりできあがっていた、夜のうちに新しく凍ってすでにふたたび厚くなっている氷の層を、ぼくは靴の踵と、手まわしよく携えてきた父親のステッキとで、苦労しながら踏み破ったり、細かく割ったりした、そして金《かね》の石突きがついているステッキで、灰黒色の穴の氷の粥の中を突っつきまわした。ステッキはほとんど握りのところまで隠れ、ぼくの手袋まですでにびしょ濡れだった、そのとき先端が前甲板にぶつかった、いや違う、前甲板ではなかった、まずぼくは底のない部分に突き刺した、それから氷の穴の縁に沿ってステッキを動かしてゆくと、下のほうではじめてステッキにぶつかるものがあった、そこで鉄伝いにぐるっとまわした、それはまさしく、艦の前道へ入れる蓋のないハッチだった。二枚の皿を重ねたとき、一枚が他の一枚の下にあるように、ハッチは氷の穴の下にあった――といえば嘘になる、そっくりそのままだったわけではない、そっくりそのままのことなどありはしない、ハッチのほうがほんの少し大きかったか、氷の穴のほうがほんの少し大きかった。しかしほぼ氷の穴の真下にハッチは口を開けていた、ぼくはヨアヒム・マールケを誇りに思ったが、それはいってみればクリーム・ボンボンのように甘美な誇らしさだった、そしてきみにぼくの腕時計を贈りたいほどだった。

ぼくはたっぷり十分間そこにいた、穴のそばにあった、厚さ四十センチの固くて円い氷の蓋の上に腰をおろしていた。その氷塊の下三分の二のところを、昨日の薄黄色い小便の跡が円く走っていた。ぼくたちは彼に力を貸してやれたのだ。だがマールケは独力でも穴を掘ったことだろう。彼は見物人なしに暮らせたろうか？　彼が自分にだけ見せたものがあったろうか？　もしぼくがきてきみを賞讃しなかったとしたら、かもめたちなんぞ、前甲板のハッチの上空できみの氷の穴を賞《ほ》めなかったろう、ということだ。

彼はいつもみんなから見られていた。彼はいつも、氷結した小舟の上でひとりで円形の溝を掘っているときでさえ、処女マリアを自分のうしろか前に持っていて、マリアは彼の手斧に注目し、彼のために熱狂していたのだ、と今ぼくがいうとき、ほんとうなら教会はぼくを是認しなければならない。だがたとえ教会が処女マリアの中に、マールケのささやかな芸をじっと見物する女を見てはならないといおうとも、マリアは注意深く彼に目を注いでいたのだ。こんなことをいうのも、ぼくは事情に精通していたからだ、つまりぼくはミサの侍者だった、最初は聖心教会のヴィーンケ司祭の下で、次にマリア聖堂のグセウスキ司祭の下で。ぼくは祭壇の前の魔術に対する信仰を、ずっと以前に、いわば成長するにつれて失ってしまったのだが、それでも仕事はつづけていた。そしてあれこれといたずらをやった。苦労もした。みんなよくやるようにわざと足を引きずって歩くことはしなかった。あのうしろに、あの前に、聖櫃の中になにかあるだろうなどと信じたこともなかったし、今日まで信じてもいない……グセウスキ司祭はとにかく、ぼくが二人のミサの侍者の一人として彼のかたわらに立っていれば、またしても機嫌がよかった、ぼくは一度だって、奉献と聖変化のあいだに、ミサの侍者のあいだで流行《はや》っていた煙草のカードのやり取りをしなかったし、鐘を鳴らしすぎることもなかったし、ミサ用ブドウ酒で商売することもなかったからである。つまりミサの侍者というやつはまったく悪いやつが揃っている、彼らは常時、少年小間物店を祭壇へ昇る段の上でひろげ、小銭か御用ずみのボールベアリングを賭けるばかりではない、階段祈禱のうちから、ミサ典書の代わりに、あるいはラテン語とラテン語のあいだで、まだ浮かんでいるかもう沈没してしまった軍艦の細目について質問し合ったりするのだ、「イントロイボ・アド・アルターレ・デイ（私は神の祭壇に上ろう）――巡洋艦《エリトレア》が進水したのは何年だ？——三六年。特徴は？——アド・デウム・クイ・ラエティフィカート・ユヴェントゥテム・メアム（私の若さをよろこびで満たし給う神の方へ）——東アフリカ方面唯一のイタリア巡洋艦。排水量は？——デウス・フォルティトゥド・メア（神よ、御身こそ私の力である）——二千百七十二トン。速力は何ノット？——エト・イントロイボ・アド・アルターレ・デイ——知らない。装備は？——シクト・エラト・イン・プリンキピオ（はじめと同じく）——十五センチ砲六門、七・六センチ四門……違ってる！——エト・タンク・エト・セムペル（今もいつも）——違ってない。ドイツ砲術練習艦の名は？——エト・イン・サエクラ・サエクロルム・アーメン（世々にアーメン）——ブルンマーとブレムゼだ」

後にはぼくはマリア聖堂で定期的に勤めることはもうしなかった、グセウスキがぼくを迎えによこしたときだけにかぎった。彼のミサの侍者が、日曜日の断郊行進のためとか、冬期救済事業のための物品回収とかの理由で、彼を見捨てたときだけである。

以上のことはすべて、ぼくの位置が主祭壇の前だったことをいうためにだけ、述べたつもりだ、つまりぼくは主祭壇の前から、マリア祭壇の前に跪いているマールケを観察することができたのである。そして彼は祈ることができた！　彼は犢《こうし》のような眼差しをしていた。彼の目はますますガラスのようになった。彼の口はたえず不機嫌に動いていた。海岸に打ちあげられた魚は、そんなふうに規則的にパクパクと空気を吸うものだ。この画は、マールケがどんなになりふりかまわず祈ることができたかを証明しているだろう、すなわち、グセウスキ司祭とぼくが聖体拝領台をばたんとおろして、いつも祭壇から見て左の外側に跪いているマールケのところにやってくると、そこには、あらゆる用心深さと襟巻と大きな安全ピンをかなぐり捨てた一人の少年が跪いていた、彼はじっと目を凝らし、髪を真ん中で分けた頭をうしろにそらし、舌を突きだし、その姿勢であの生き物のように動く鼠を自由にさせておいた、ぼくはそれを捕まえることだってできたろう、それほどに無防備にその小動物は放りだされていたのである。しかしヨアヒム・マールケは、その人目につくものがむきだしにされてぴくぴく動いていることに、おそらく気づいていたのだろう。きっと彼は、大げさになにか嚥みこむことによって、横に立っている処女マリアのガラスの目を誘惑するのに一役買ったのだろう。そういうわけで、かつてきみは見物人がいなければ、ほんの些細なことさえもしなかった、という説を、ぼくは信じることはできないし、信じるつもりもない。

V

マリア聖堂で、ぼくは、房飾りをつけた彼を見たことは一度もなかった。生徒のあいだでそれがやっと流行の兆を見せ始めたというのに、彼が毛糸の玉をつけてくることは、ますますまれになった。時どきぼくたち三人で、休み時間に、中庭のいつも同じ栗の木の下に立ち、毛糸の玉の馬鹿らしさについて侃侃諤諤《かんかんがくがく》の論を戦わせたとき、マールケは房飾りを首からはずしてしまった、だが決心がつかず、そして釣り合いをとるのにもっと都合のよい錘が見つからないまま、二時間目の休憩の鐘が鳴るとふたたび蝶ネクタイのようにそれを結ぶのだった。

ぼくたちの学校のかつての生徒であり卒業生である一人が、はじめて前線から帰還したとき、ぼくたちは授業の最中であったが、非常呼集の鐘で大講堂に集められた。その男は、途中で総統本部を訪れ、今みんなの欲しがるボンボン（ナチスの勲章）を首にさげていた。若い男は講堂の一方の端の三つの高い窓の前に立っていた、大きな葉の鉢植え植物と半円に集まった教師たちの前に、教卓のうしろなんぞではなく、ボンボンを首にさげて、古びた褐色の教卓の横に立って、ぼくたちの頭越しに、キスしたくなるような小さな淡紅色の口で、身振りを交えながらしゃべったのだが、そのとき、ぼくとシリングの前の列に坐っていたヨアヒム・マールケの耳が透明になり、やがて真っ赤になり始めるのを、ぼくは見たのだ、彼は硬直した背中をうしろにもたせかけ、両手で右左と首をさすり、咽喉を締めつけ、とうとうなにかを椅子の下に投げ捨てた、それは緑と赤の混じった毛糸の小さな玉、房飾りだったとぼくは思う。そして演壇の男は、空軍少尉だったが、最初はいくぶん低すぎる声で口を開き、つっかえつっかえ、気の毒なほど無器用に話し、自分の話が原因だとも思われぬのに、何度も顔を赤らめた、「……さて諸君、これは兎狩りのようにうまくゆくと考えてはならない、いっしょに戦おう、ぼんやりしてちゃならん。時には一週間なにも起こらないことがある。だがわれわれが英仏海峡にきたとき――ここでやらなければ、やる所がないとわたしは考えた。そのとおりだった。最初の出撃のときすぐさま、護衛戦闘機に守られた一編隊がわれわれの鼻面に迫ってきた、回転木馬だった、ほんとうに、雲の上に出たり下に入ったり、腕は完璧だった、つまり旋回したのだ。わたしは旋回しながら上昇を試みた、下にはスピットファイヤーが三機旋回して、隠れようとしている、失敗したら笑い物にされるぞと考えた、上からまっすぐ突っこむ、視線に捕えた、そのときすでに敵は煙を引いていた、ちょうどわが愛機を左の主翼の先端を軸に回転させることができた、そのときすでに、反対方向から進んできた第二のスピットファイヤーが照準器の中に入っていた、プロペラの傷が見えるほどだった、敵かわれか。そう、諸君おわかりのとおり、小川に墜落せねばならなかったのは敵だ、そこでわたしは考えた、すでに二機やっつけたのだから、三機目以下もやっつけてやれ、ガソリンのつづくかぎり。そのとき敵はすでにわたしの下方で、七機が編隊を解いて雲隠れしようとしていた、わたしはいつも巧みに太陽を背にしていたが、敵の一機を捕えた、天の祝福にあずかれるやつだ、数をもう一度数えた、合っていた、操縦桿を手前へいっぱいに引く、三機目が弾幕に包まれ、下方へコースを変える、命中したに違いない、本能的に後を追う、敵を見失う、雲の中だ、ふたたび捕えた、もう一度加速する、すると敵は小川の中へ錐揉《きりも》みした、だがわたしも水に飛びこむ寸前だった、実際どうやって愛機を上昇させたのか、もはや覚えていない。とにかくわたしが翼を振りながら基地にもどったときには――諸君はきっと知っていると思うが、あるいはニュース映画で見たと思うが、戦果を挙げて帰るときには主翼を振るのだ――車輪が出なくて、ひどい目に合った。それではじめて胴体着陸せねばならなかった。後に将校集会所で聞いた話では、わたしは文句なしに六機やっつけたという話だ、もちろん戦闘最中に数えることはできなかった、もちろんあまりにも昂奮しすぎていたからだ、もちろん喜びは大きかった、しかし四時ごろわれわれはもう一度離陸しなければならなかった、つまりだな、われわれが昔ここの懐かしい中庭で——運動場がまだなかったからなのだが——ハンドボールをやったときとほぼ似たような事情なのだ。おそらくマレンブラント先生は覚えておられるだろうが、わたしは一つもシュートが決まらないか、立てつづけに九点挙げるかのどちらかだった。その午後もそれと同じわけで、午前中の六機に加えて、さらに三機射ち落とした。わたしがやっつけた九番目から十七番目の敵機だった。その後四十機に達するのにたっぷり半年かかったが、そのときわたしはわれわれの隊長から表彰され、次に総統本部から勲章を授与されたときには、すでに四十四機の撃墜マークをつけていた。つまり英仏海峡のわれわれは、地上整備員が一人として長期勤務に耐えている人がいないというのに、ほとんど愛機から離れることなく、文句もいわずに勤務しているのである。さて一つ気晴らしにおもしろい話をしよう。どの基地にも、中隊のペットである犬がいるのだが、われわれもある日、あまりに天気がよかったので、ペットのアレックスを……」

おおよそこんな話を、その武勲に輝く少尉はしたのだが、二つの空中戦のあいだに、間奏曲として、落下傘降下の訓練をさせられた中隊のペットであるアレックスの話をさし挟んだ、また警報が鳴るたびにいつも毛布から出るのが遅れて、何回も寝巻のまま出撃しなければならなかった伍長の逸話も話してくれた。

最上級生も含めて生徒たちが笑うと、少尉もいっしょになって笑い、数人の教師もこらえ切れずににやにやした。彼は三六年にこの学校で卒業試験に合格したのだったが、四三年にルール地方上空で射ち落とされた。彼は暗褐色の髪の毛を、分けずに、ぴったりオールバックにしていた、身体も格別大きいわけではなく、むしろ、夜の酒場で働く華奢な給仕といってよかった。しゃべるとき片方の手をポケットに入れていたが、話が空中戦のことになると、すぐにその手をだし、両手でいろいろの形を示した。彼はまっすぐ突きだした掌を動かして、微妙な意味を表現することができた、旋回しながら敵を待ち伏せするありさまを両肩を使って真似るときには、長々と口で説明するのを省略することもできた、せいぜいのところろしぐさとしぐさのあいだに言葉をさし挟むだけで、発進から着陸までの発動機の音を講堂に轟かせ、発動機が不調のときには口ごもることに全力をつくした。彼がこの番組を彼の基地の将校集会所で練習したこと、とくに「われわれはみんな将校集会所で平和に坐っていた、そしてわたしが……なので、ちょうど将校集会所に行こうとしたとき……将校集会所のわれわれのところで……」というときの将校集会所という言葉が、彼の話の中で重要な意味を持っていたことは、容易に想像できた。しかし、俳優のような手の動きや、本物そっくりの爆音の出し方はいわずもがな、それ以外の話も、まことに機知に富んでいた、なぜなら彼は、ぼくたちの時代と同じ綽名《あだな》を彼の時代にすでに持っていた先生たちの一部を俎上《そじょう》にのせる術《すべ》を心得ていたからである。しかし彼は相変わらずいつも気立てがよく、悪童ふうのところがあり、少々抜け目がないが、大ぼらを吹くこともなかった、なにかとてつもなくむずかしいことを仕あげたときにも、けっして成功について話すことはなく、常に自分が幸運だったといった、すなわち、「わたしはまさしく幸運児なのだ、すでに学校時代の、進級試験の成績のことを考えても……」と。そして高校独特の冗談をいっている最中に、三人の昔の級友を思いだすのだった、彼らは、彼の話によると、犬死にしたのではなかった。しかし彼はその講演を三人の戦死者の名前を挙げることで終わらせずに、簡単に次のような告白で終わりにした、「少年諸君、わたしは諸君に申しあげる、外地にあっていざ出撃せんとする人は、くり返しくり返し学校時代のことを思い起こしたがり、また実際しばしば思い起こすものなのです！」

ぼくたちは長い拍手を送り、蛮声を張りあげ、足を踏み鳴らした。ぼくの両手が熱くなり固くなったときはじめて、ぼくは、マールケが身体を乗りださず、演壇のほうに拍手を送っていないことに気づいた。

前のほうではクローゼ先生が、拍手のつづくあいだじゅう、かつての教え子の両手を一きわ強く握っていた。それから彼は、感謝の意を籠めて少尉の両肩に手を置いたが、すぐに自分の席を見つけた華奢な人物からつと離れると、教卓を前にして立った。

校長の演説はつづいていた。退屈な空気が、生い茂った鉢植え植物から、講堂のうしろの壁にある、学校の創立者コンラディ男爵の油絵までひろがった。ブルニース先生とマレンブラント先生のあいだで小さくなっている少尉も、くり返し自分の爪に目をやっていた。クローゼのペパーミントの香がするさわやかな息は、彼の数学の授業中いつも吹きわたり、純粋な学問の息吹きを代表していたのだが、この天井の高い講堂ではほとんど役に立たなかった。言葉の切れ端が前のほうから講堂の中ほどまでかろうじて届いた、「われわれの後からくる人たち――そしてこのとき――旅人よ帰ってきたら――だがこのたびは故郷は――そしてわれわれはけっして望むまい――敏捷に強靭に堅固に――清潔に――すでにいった――清潔に――そしてそうしない人はだれでも――そしてこのとき――いつまでも清潔に――シラーの言葉で結ぶ――生命を賭けずして、生命を得ることはけっしてないだろう――それでは勉強にかかれ！」

ぼくたちは解放され、二つのブドウの房のように、狭すぎる講堂の出口に群がった。ぼくはマールケのうしろから押した。彼は汗をかいていて、砂糖水の髪は頭の中央の乱れた分け目に貼りついた二本の槍のように立っていた。いまだかつて、体育館の中でさえ、マールケが汗をかいているのをぼくは見たことがなかった。三百人の高校生の発する悪臭が、コルク栓のように講堂の出口をふさいでいた。マールケの不安の導管、つまり、第七頸椎から突き出た後頭部のあたりにぶつかる二本の筋肉は真っ赤になり、真珠のように輝いていた。両開きのドアの前の回廊で、もうまた鬼ごっこを始めた一年生たちの騒ぎに巻きこまれながら、ぼくはやっと彼を追い越して、正面から質問した、「今なんていったの？」

マールケはぼんやりと前方を見つめていた。ぼくは彼の首筋を見すごそうとつとめた。柱と柱のあいだには石膏でつくったレッシングの胸像があったが、マールケの首筋のほうが勝利を得た。彼がまるでうんざりするほど老衰した伯母さんのことを話そうとするときみたいに、おちついた愚痴っぽい声が聞こえた、「今彼らは、あんなものをもらいたければ、四十機もやっつけなければならないんだ。最初のころ、フランスや北方戦線で戦ったときには、二十機もやっつければ、もうもらえたものだ——もしこんな状態がつづいたら？」

少尉の講演はきみの考えと合わなかったのだろう。そうでもなければ、きみはどうしてこんな安っぽい代償に飛びつくことができたろう。あのころ、文房具屋と呉服屋のショウウィンドウに、円形や卵形や小さな穴のある夜光金属板や夜光ボタンが飾られていた。多くはある魚の形をしていたが、ほかに、暗闇の中で乳緑色の微光を放つのを見ると、飛んでいるかもめの輪郭を現わすのもあった。この金属板はたいてい、暗い道で衝突するのを恐れた中年の男やよぼよぼの女たちが外套の折り返しにつけていたものだ。また夜光塗料の線の入ったステッキもあった。

きみは燈火管制の犠牲者でもなかったのに、五つか六つの金属板を、最初は外套の折り返しに、次には襟巻につけていた、光る魚の一群と帆走するかもめの一連隊と燐光を放つ花束とである、きみは伯母さんに、発光体でできた半ダースのボタンを外套の上から下まで縫いつけてもらい、きみを道化師に仕立ててもらった。ぼくはそんな格好できみが歩いてくるのを見たし、まだ目に見えるし、これからもずっと見るだろう。冬のつづくあいだ、薄明かりの中を、斜めに降る夜の雪を通り、あるいはほとんど濃淡のない暗闇を通って、きみはいつも、上から下とうしろへ、一、二、三、四、五、六と数えられる黴のような緑色に外套のボタンを光らせて、ベーレン通りを大股にくだってきた。それはみすぼらしいお化けみたいで、いずれにせよ子供やお婆さん連中を恐がらせるに十分であり、真っ暗な夜の中ではどっちみち見えやしないある苦しみから彼らの目をそらさせようとするのだ。だがきみはおそらくこう考えたろう、いかなる暗黒もこの熟した果実を嚥みこむことはできない、だれもがそれを見、予感し、感じていて、それを摑みたがる、それは摑むに手ごろな果実なのだから、この冬がやがて過ぎ去るものなら——ぼくはふたたび水に潜り、水の中にいたいと思うと。

VI

しかし、オランダいちごと臨時ニュースと海水浴日和の夏がやってきたとき、マールケは泳ぎたがらなかった。ぼくたちは六月半ばにはじめて小舟へ泳いでいった。みんなはしゃいではいなかった。ぼくたちの前やぼくたちといっしょに泳いできて、徒党を組んで艦橋に坐りこみ、潜水しては、ドライバーではずせる最後の蝶番を取って浮かびあがってくる四年生や五年生たちがぼくたちにはしゃくにさわってしかたがなかった。以前は「ぼくもいっしょに泳ぎにつれていってくれ、もう泳げるんだ」と頼まなければならなかったマールケに、今度はシリングとヴィンターとぼくがやいのやいのいった、「いっしょにきてくれ。きみがいなくちゃ始まらないんだ。小舟の上だって日光浴できるぜ。たぶんまたなにかおもしろいものが海中で見つかるよ」

何回か断わった後、しぶしぶながらマールケは海岸と最初の砂州とのあいだの生ぬるいスープの中に足を踏み入れた。彼はドライバーを持たずに、ホッテン・ゾンタークから二かき遅れて、ずっとぼくたちのあいだに挟まって泳いでいたが、最後にゆっくりとあいだをすり抜けていった、彼が身体を震わせもせず水しぶきをあげずに水に浮かんでいたのははじめてのことだった。艦橋で彼は羅針箱のうしろの陰の中に腰をおろし、いっかな水に潜ろうとしなかった。そのうえ、四、五年生たちが艦首の下に姿を消し、ふたたび両手にがらくたを持って浮かびあがってきても、首をそちらにまわさなかった。そんなときマールケなら少年たちにいろいろ教えてやることもできたろう。何人も彼にヒントを求めたが――彼はほとんど答えなかった。実際マールケは目を細めて広い海の向こうのブイのほうをずっと見つづけていたのだが、入港する貨物船や出港するカッターにも、隊列を組んで航行する水雷艇にも目を向けることはなかった。せいぜい彼の心を動かしたものといえば潜水艦だけだった。時どきはるか遠くで、水中の潜水艦から突き出た潜望鏡が、はっきり縞《しま》になった泡を切り裂いた。七百五十トンの艦が次つぎにシッヒャウ造船所で建造され、湾内かへラ半島の向こうで試運転を行ない、深い水道で浮上し、港に入ってきて、ぼくたちの退屈を追いはらってくれた。潜水艦の浮上するのはすばらしい眺めだった。まず潜望鏡が現われる。司令塔が海上に姿を見せるや、そこから一人二人の人間が吐きだされた。どんよりと白い小川となって、海が大砲と艦首から、ついで艦尾から流れ落ちた、するとどのハッチからも人が溢れ出てきて、ぼくたちは大声をあげ、合図を送った――艦から合図が送り返されてきたかどうか、ぼくには確信がもてない、ぼくは合図というものを個々のものの動きだと見なしており、肩関節の緊張であるとあらためてわが身に感じるのであるが。しかし合図が返されても、返されなくても、潜水艦の浮上というものは人の心を打つものであり、もはやその感動は消えない――ただマールケだけはけっして合図を送ることはなかった。

……そしてある日――六月の終わりで、まだ長い夏休みは始まらず、海軍大尉が学校の講堂で講演をする前のことだった――マールケは陰になっている彼の場所を離れた、四年生の一人が掃海艇の艦首からいっこうに浮かびあがってこなかったからだ。彼は艦首へのハッチへ潜り、その少年を連れ帰った。少年は艦の中央の、機関室へ行く手前の所で身動きがとれなくなっていたのだ。マールケは甲板の下のパイプと束ねたケーブルのあいだで少年を発見した。二時間にわたりシリングとホッテン・ゾンタークが交替で、マールケの指示に従って手当てをした。四年生は徐々に生色を取りもどしたが、帰りには、みんなで引っぱってやらねばならなかった。

次の日マールケはふたたびいつもと変わらず物に憑かれたように潜った、だがドライバーは持たなかった。泳いで行くときからすでにかつてのスピードを取りもどして、ぼくたちを置き去りにし、ぼくたちが艦橋に取りついていたころには、すでに一度潜水した後だった。

冬のあいだ氷に閉ざされ、二月には何度も烈しい嵐に襲われたため、小舟の最後に残った手すりと二つの回転砲塔と羅針箱の屋根がなくなっていた。かさぶた状のかもめの糞だけは冬に打ち勝って、ますます層が厚くなった。マールケはなにも水中から取ってこなかったし、ぼくたちが頭をひねってくり返し新しい質問を発しても、なにも答えなかった。午後も遅くなってから、彼が十回か十二回水に潜り、ぼくたちが引き返すために手足の柔軟体操をすませた後のことだったが、彼は潜ったきりもどってこなかった、ぼくたちはみんな茫然としてなす術を知らなかった。

ぼくが今、五分間の休憩といえば、それはなんの意味もないことだ。だが、数年とも思われる約五分のあいだ、ぼくたちの舌がからからに乾いた口の中で、からからに乾いて厚ぼったくなるまで、唾を嚥みこんだ後、ぼくたちは次つぎに小舟の内部に入って行った、艦首の船室にはなにもなく、鰊がいるだけだった。ホッテン・ゾンタークにつづいて、ぼくも勇気をだしてはじめて防水壁を通り抜け、昔の士官室をざっと探したが、浮かびあがらずにはいられなくなり、胸がはり裂ける寸前にハッチから頭をだした。それからふたたび潜り、さらに二回防水壁をくぐり抜けて、たっぷり三十分後にやっと潜ることをやめた。六、七人が艦橋に長々と横になって、言い争っていた。かもめたちはますます輪をせばめながら舞っていた、きっとなにかに気づいたに違いなかった。

幸いなことに小舟には四、五年生は一人もいなかった。みんな黙っていたかと思うと、がやがやしゃべり合ったりした。かもめたちは横へ飛び去っては、また帰ってきた。ぼくたちは、海水浴場管理人、マールケの母親、伯母、クローゼに対する言い訳の言葉を考えた、学校で訊問されることが予想されたからだ。ぼくがマールケの隣人だというわけで、みんなはぼくにオスター街へ行くことを押しつけた。シリングは海水浴場管理人の前と学校で弁解の口火を切ることになった。

「彼が見つからなかったら、ぼくたちは花輪を持って泳いでこなくちゃならないな、そしてここでお葬式をしなくちゃ」

「お金をだしあおう。だれも最低五十プフェニヒだ」

「彼をここから海へ投げこむか、艦首の中に沈めよう」

「歌も歌わなくちゃならないな」とクプカがいった。だが彼の提案につづいて起こったあのがらがら響く虚ろな哄笑は、ぼくたちの仲間の発したものではなかった、笑いは艦橋の内部で聞こえた。ぼくたちが互いにちらちらと顔を見かわし、ふたたび笑い声が起こるのを待っているあいだに、艦首のほうから笑い声が聞こえたが、それは普通の笑いで、虚ろに響くものではなかった。真ん中で分けた頭から水をしたたらせながら、マールケがハッチから首をだした。息づかいはほとんど平静だった、首筋や肩にできたばかりの日焼けをこすりながら、ほとんど軽蔑を含まない、むしろ上機嫌な声で言いだした、「話はまとまったかい、それでもうぼくは亡き人にされちまったのかい？」

ぼくたちが泳いで帰る前に――ヴィンターはこの不安な出来事が起こるとすぐに発作を起こして泣きわめいたので、みんながおちつかせなければならなかった――マールケはもう一度小舟の中に潜った。十五分後――ヴィンターはいぜんすすりあげていた――彼は艦橋にもどってきたが、見たところどこにも疵《きず》がなく新品同様の、無電技手がしているような受話器を両方の耳にかけていた。マールケは艦の中央で、艦橋内部の水面上にある部屋への入口を見つけたのだった、それはかつての掃海艇の無電室だった。彼の話では、部屋は少し窮屈だが、床は水に漬かっていないとのことだった。四年生をパイプと束ねたケーブルのあいだから助けだしたとき、その部屋への入口を見つけておいたのだと、彼はとうとう白状した。

「全部またきれいにカムフラージしてきたんだ。だれにだって見つからないさ。だけど一仕事だった。きみたち疑おうたって、あの部屋はぼくのものだ。まったく快適だ。危なくなったら、こっそり入りこむことだってできる。まだ機械や送信機やいろいろいっぱいある。また動くようにしなけりゃな。まあ、時どきやってみるさ」

だがマールケにはそんなことは絶対にできなかったろう。彼はぜんぜんやってみようともしなかった。彼が下でこっそりと下手に機械をいじくったって、きっとうまく行きはしなかった。彼は機械いじりが上手で、たくさん模型も作ったのだが、彼の計画に通信機は入っていなかった。それに、マールケが送信機をふたたび動くようにして、あらぬ言葉を送信しようものなら、港湾警察か海軍の手入れを受ける羽目になったことだろう。

それどころか彼は機械類の一切を無電室から運びだし、クプカとエッシュと四年生たちにくれてやった、ただ受話器だけは一週間以上両方の耳に掛けていたが、計画的に無電室を整備し始めたときになって、やっと海へ投げ捨ててしまった。

書物——どんな本だったかぼくはもう覚えていないが、その中には、海戦小説『ツシマ』（フランク・ティース作『日本海海戦記』）と、一、二冊のドヴィンガー（ナチスの作家）と宗教書もあったように思う——数冊の書物を彼はすり切れた毛布に包み、その包みをさらに油紙で包装し、合わせ目をピッチかタールか蠟で密封し、流木でつくった手ごろないかだに載せ、一部はぼくたちの力も借りながら、泳いで小舟まで引っぱって行ったのだ。本と毛布をほとんど濡らさずにその部屋へ運びこむことができたということである。次に運んだのは、ロウソク、アルコールランプ、燃料、アルミニウムの鍋、お茶、つぶし麦、乾燥野菜であった。しばしば彼は一時間以上も一人でそこに坐りこみ、ぼくたちが強く叩いて、引き揚げようと促しても、返事をしなかった。むしろぼくたちは彼を賞讃した。しかしマールケはそんなことをほとんど意にかけず、ますます口数が少なくなり、もはやがらくたの運搬を手伝ってくれともいわなくなった。ぼくがオスター街の彼の部屋で見たことのあるシスティナ聖母の色刷りの複製を、彼がぼくたちの目の前できつく巻き、カーテンをつるす真鍮管の口から押しこみ、管の口を粘土で密封し、管入りの聖母をまず小舟へ、次に無電室に運んだとき、ぼくには、彼がだれのためにこんなにもせっせと働くのか、だれのためにその部屋を住みよく整えるのかが、わかった。

複製は無傷で潜水に耐えることはできなかったに違いない――あるいはおそらく水のしたたる狭い部屋で紙が傷んだのは明らかなことだった、その部屋には舷窓もなければ、波をかぶっているにしろ排気孔ともつながっていなかったから、新鮮な空気の供給が不十分だったのである。とにかくマールケは、色刷りの複製を無電室に運んで数日後には、ふたたび首になにかをぶらさげていた、しかしドライバーではなく、いわゆるチェストホワの黒い聖母を平たく浮き彫りにしたブロンズのメダルを——それにはぶらさげるための環がついていた——黒い靴紐につけて、鎖骨のすぐ下に掛けていた。ぼくたちはもう意味ありげに眉をあげ、そら、彼がまた聖母稼業を始めるぞと思った、そしてぼくたちが艦橋に腰をおろして身体を干し始めるか始めないうちに、マールケの姿は艦首の中に消えたが、ものの十五分もすると、靴紐とメダルなしでぼくたちのところにもどってきて、羅針箱のうしろで満足そうな顔をしていた。

彼は口笛を吹いた。ぼくは、マールケの口笛を聞くのははじめてだった。むろん彼ははじめて口笛を吹いたわけではない。しかしぼくが、彼の口笛に気づいたのははじめてだった、そんなわけで、彼ははじめて、ほんとうに唇をとがらせたのである。しかし、小舟の上でただ一人のカトリック信者である——彼を除いて——ぼくにしかその口笛は真似ることができなかった、つまり彼は聖母マリアの歌を次つぎに口笛で吹き、手摺《てすり》の残骸を伝って滑り、あつかましいほど上機嫌になって、足をぶらぶらさせながら、まずがたがた鳴る艦橋の壁で拍子をとり始めた。次に、鈍い騒音を伴奏にして、だが淀みなく、聖霊降臨節の読誦「ヴェニ・サンクテ・スピリトゥス」（聖霊よ来給え）の全部をすらすらと唱え、つづいて——それをぼくは待っていたのだ――枝の主日の前の金曜日の読誦を歌い始めた。彼は「スタバト・マーテル・ドロローサ」（悲しみの御母は）から「パラディシ・グローリア」（永福を与え給え）と「アーメン」まで十節全部を淀みなくつぶやいた。以前はグセウスキ司祭のところで熱心に勤めていたが、後にはたまにしか出席しなくなったミサの侍者のぼくには、どうやら節の出だしだけいっしょに唱えることができるだけだった。

しかし彼はそのラテン語を苦もなく上空のかもめの所まで送り届けた。そしてほかの人たち、シリング、クプカ、エッシュ、ホッテン・ゾンターク、そのほかそこに居合わせた少年たちは立ちあがり、聴き惚れ、「よおよお！」「おどろきもものきさんしょのき」と言い、マールケに「スタバト・マーテル」をくり返すように頼んだ、少年たちにとってラテン語とミサ典書ほど縁遠いものはないというのに。

きみは無電室をマリア小聖堂に変えるつもりはなかったのだと、ぼくは思う。海中へ運ばれたがらくたの多くは、マリアとなんの関係もなかった。ぼくはきみのその小部屋を見たことはなかったが――そんなことはぼくたちには容易にできることではなかった――オスター街のきみの屋根裏部屋の縮小版だろうと思っている。ただ、きみの伯母さんがきみの意志に反して、窓じきいと何段にもなった台座の上に置いたゼラニウムとサボテンだけは、かつての無電室にいっこうなじまなかった、だがそのほかの点で引っ越しは完璧だった。

　書物と炊事道具の次に、マールケは船の模型、通報艦《こおろぎ》とヴォルフ級の水雷艇縮尺一二五〇分の一を甲板の下へ引っ越させなければならなかった。インクと数本のペン軸、定規、コンパス、蝶のコレクション、剝製の白ふくろうを彼は無理矢理いっしょに潜らせた。ぼくの推測では、マールケの動産は、凝水で曇った箱の中でしだいに見えなくなったものと思う。とくにガラスの葉巻きの箱に入れた蝶のコレクションは、屋根裏部屋の乾燥した空気にしか馴染んでいなかったから、湿気の多い所では傷んでしまったに違いない。

　しかし、何日にもわたる引っ越し遊びの無意味さと意識的な破壊行為こそは、ぼくたちの感嘆するところだった。二年前の夏にはせっせとドライバーではずした旧ポーランド掃海艇の財産を、ふたたびつぎつぎに返還するヨアヒム・マールケの奮闘のおかげで――懐かしい老ピウスツキと機械操作の注意書きも水中へ移植した――子供じみた荷厄介な四年生がいたにもかかわらず、ぼくたちはふたたび、四週間しか戦争に参加しなかったあの小舟の上で、楽しくしかも緊張した一夏をささやかながら取りもどすことができたのである。

　例をあげれば、マールケはぼくたちに音楽を提供した。四〇年の夏、彼がぼくたちに連れられて六回か七回小舟へ行った後、艦首か将校集会室からやっとの思いで引き揚げ、彼の部屋で修理し、回転盤に新しいフェルトを張ったあの蓄音機を、それがだいたい最後の引っ越し荷物だったが、十二枚のレコードといっしょに甲板の下へ積みこんだ。それは、二日がかりの仕事だったが、そのあいだにも、彼はどうしても我慢できず、蓄音機のクランクをしっかりした靴紐で首からさげでいたのである。

蓄音機とレコードは、艦首を通り、部屋部屋の防水壁をくぐって艦の中央へ行き、無電室へ登る旅によく耐えることができたのだろう、というのは、マールケが小刻みな輸送を終わったその日の午後のうちに、彼は、ここかと思えばあちらからといったふうに虚ろながらした音を響かせるのだが、とにかくいつも小舟の内部から聞こえてくる音楽でもって、ぼくたちをびっくりさせたからだ。そのために鋲と板張りは弛んだことだろう。それは、太陽が斜めからではあるが相変わらず艦橋を照らしているにもかかわらず、ぼくたちを鳥肌にしてしまった。むろんぼくたちはくしゃみをした、「やめろ！　もっとつづけろ！　別のレコードにしろ！」　そしてチューインガムみたいに長い有名なアヴェ・マリアを聞かせてもらった。それは波立つ海を平らにしたが、処女マリアがいなければ、彼はそうはできなかっただろう。

それからいろいろのアリアや序曲――マールケが真面目な音楽を好んだことはもうお話ししただろうか？――いずれにせよ、ぼくたちは『トスカ』の人を鼓舞する部分、フンパーディンクの童話ふうの曲、希望音楽会でお馴染みのダダダ、ダーで始まる交響曲の一部を、艦の内部から外部へと提供されたのであった。

シリングとクプカが大声でなにかジャズふうのものを要求したが、彼は持っていなかった。彼がツァラ・レアンダー（一九〇七～八一。スウェーデン生まれの女優。一九三八に『故郷』主演）のレコードをかけたときはじめて、まったく思いもよらぬ効果を発揮した。水中から聞こえる彼女の声はぼくたちを銹とでこぼこのかもめの糞の上に匍いつくばらせた。彼女がなにを歌ったのかもう覚えていない。それは相も変わらず艶のあるツァラであった。だが彼女がまたあるオペラのなにかを歌ったとき、ぼくたちはそれが映画『故郷』で歌われたものであるのがわかった。「ああわたしはあなたをうしなった」と歌い、「かぜがわたしにうたをうたってくれた」と喘ぎ、「いつかきせきがおこるのをしっている」と神託をくだした。彼女はオルガンを演奏することができ、四大《しだい》を呼びだすことができ、ただ想像できるにすぎないすべての優しい時間を差しだした。そのためヴィンターはしゃっくりをして、かなりおおっぴらに泣き叫んだが、ほかの者たちも目をしばたたかせねばならなかった。

それにかもめが加わった。彼らは探しても探してもなにも見つからないためそのたびごとにきいきい声をだして、下ではツァラが回転盤に載っている今、すっかり狂ったように飛びまわっていた。死んだテノール歌手の魂から発散するような彼らのガラスを切るきいきい声が、あの戦争の年月、前線のいたる所でまた銃後で愛好され寵愛を受け涙をしぼらせた映画女優の、真似することができるがいぜん比類を絶する地下牢のように深い怨念の声と、空の上で調子を合わせていた。

レコードが種切れになり、今では苦しげな、がらがらぎしぎしいう音しか蓄音機から出てこなくなるまで何回も、マールケはこのような音楽会をぼくたちに提供した。今日に至るまで、これ以上大きな楽しみをぼくに与えてくれた音楽はない、ローベルト・シューマン・ホールでの音楽会はほとんど欠かすことはなかったし、金がありさえすれば、モンテヴェルディから、バルトークまでの長時間レコードを買ったけれども。ぼくたちはおし黙り飽きることなく蓄音機の上にしゃがんでいた、そして、これを腹話術師と名づけた。もっとよい賞め言葉が思い浮かばなかったのだ。なるほどぼくたちはマールケに驚嘆した。だが膨れあがった騒音の真っ只中で驚嘆の念はがらりとひっくり返った、つまりぼくたちは彼を胸くそ悪いやつだと思い、見るのもいやになった。またぼくたちは彼を恐れた、彼はぼくたちを意のままに操ったからだ。そしてぼくは、街でマールケといっしょにいるところを見られるのを恥じた。そしてぼくは、芸術映画劇場の前かヘーレスアンガーでホッテン・ゾンタークの妹や小さなポクリーフケに出会ったとき、きみがそばにいれば得意だった。きみはぼくたちの話題の中心であった。ぼくたちは賭をした、「彼はこんどはなにをするだろう？　賭けようぜ、あいつはきっとまた首を痛める！　ぼくはどんな賭にも応じる、あいつはいつかきっと首をくくるか、でっかいことをやらかすか、なにか馬鹿げたことを考えつくぞ」

そしてシリングはホッテン・ゾンタークにいった、「正直にいってくれ、きみの妹がマールケと映画かどこかへ行ったら、きみはそのときどうする——正直にいってくれ」

VII

勲章をいっぱいつけた潜水艦長の海軍大尉がぼくたちの実科高校の講堂に登場したため、旧ポーランド掃海艇《リビトヴァ》内での音楽会は終わった。だが、もし彼がこなかったとしても、レコードと蓄音機はせいぜいあと四日騒音をまき散らしたにすぎなかったろう。しかし彼はやってきて、ぼくたちの小舟を訪れもしないで、水中音楽を禁止し、マールケに関する会話のすべてを、根本的な変更ではないにしても、別のほうに向きを変えてしまった。

海軍大尉は三四年ころ高校を卒業したらしい。噂では、彼は海軍に志願する前に、ほんのちょっぴり神学とドイツ文学を学んだということだ。ぼくは彼の眼差しが燃えるようだったということをいわずにはいられない。おそらく撚《よ》ったような縮れ毛が密生していて、どちらかというとローマ人のような頭をしている。潜水艦乗り特有の髭はないが、眉毛が庇《ひさし》のように突き出ている。額は哲学者の額と取り越し苦労屋のそれとの中間で、それゆえ横皺はないが、常に神を求めて上へ登ろうとする二本の険しい線が鼻の付け根から発している。鋭いアーチ型をした上顎のいちばん外の点で光が反射する。鼻は華奢で鈍い。ぼくたちに向かって口を開くとき、それはしなやかに反り返るおしゃべりな口だった。講堂はいっぱいだったが、朝日もいっぱいに差しこんでいた。ぼくたちは窓の張り出しに坐っていた。このしなやかなおしゃべり口の講演にグドルン女学校の最上級生が二クラス招待されていたが、それはだれの希望だったのだろう？　女学生たちは前のほうの椅子に腰かけていた、彼女らはブラジャーをしなければならないことになっていたのだが、だれもしていなかった。小使いが講演の知らせを持ってきたとき、最初マールケは出るのをいやがった。ぼくは、なにか得るところがあるような気がしたので、彼を引きとめたのだ。窓の張り出しのぼくの隣で――そしてぼくたちとガラスの背後には中庭の栗の木がじっと立っていた――海軍大尉がおしゃべりな口を開く前から、マールケは震えていた。マールケのひかがみがマールケの両手を挟みつけていたが、震えはとまらなかった。グドルン女学校の二人の女の先生も含めて、先生方は、小使いがきちんと半円形に並べた、高い背もたれと革クッションつきの樫の木の椅子をうずめていた。メラー先生が手を叩くと、だんだん静かになり、そこでクローゼ校長が登壇した。女学生たちの二本のお下げ髪やモーツァルトふうのお下げのうしろにはポケットナイフを持った三年生たちが坐っていたので、数人の少女はお下げを前のほうに引っぱった。モーツァルトふうのお下げだけはいぜん三年生の手の届く所にあった。今日の講演には前口上がついていた。クローゼは外地にいるすべての人について、陸に海に空に戦うすべての人びとについて語った、彼の話は長かった、自分のことやランゲマルク（ベルギー領、第一次大戦の激戦地）の学生たちのことを話すときは少し身を乗りだすようにし、ニーゼル島（バルト海にある）で戦死したヴァルター・フレックス（一八八七〜一九一七。愛国的詩人で、ナチ時代もてはやされた）を引用した、成熟し純粋さを失わぬこと、これが男子の徳だ。つづいてすぐフィヒテ（一七六二〜一八一四）かアルント（一七六九〜一八六〇ドイツの愛国詩人）を引用した、ただ汝と汝の行為だけによって。海軍大尉が七年生のときアルントかフィヒテについて書いた模範的な論文を思いだした、「われわれの一人が、われわれの中から、われわれの高校の精神から生まれたのであります、この意味におきましてわれわれは……」

　クローゼが前座を勤めているあいだに、窓の張り出しにいるぼくたちと女学校七年生とのあいだを煩わしいほどあちこちと紙切れが往復したことを、ぼくは話さねばならないだろうか？　もちろんその間に三年生たちは卑猥な文句を金釘流で書き綴ったのだ。ぼくは、なにを書いたか忘れたが、一枚の紙切れをヴェラ・プレッツだったかヒルトヒェン・マトゥルに送ったのだが、返事はもらえなかった。マールケのひかがみは相変わらずマールケの両手を挟んでいた。震えはすっかり収まっていた。壇上の海軍大尉は、いつものように平気な顔でボンボンをしゃぶっている老ブルニース先生と、ぼくたちにラテン語を教えているシュタハニッツ博士のあいだで、いささか窮屈そうに坐っていた。前口上が尻つぼみになり、ぼくたちの紙切れが往ったり来たりし、三年生がナイフをもてあそび、総統の写真の目が、コンラディ男爵の油絵の目とぶつかり、朝の太陽が講堂からすべり出るあいだ、海軍大尉は軽く反ったおしゃべりな口をたえず湿らせ、不機嫌に生徒たちを見つめ、女学生たちのほうに目がいかないように努力していた。海軍大尉の帽子は平行に揃えた膝の上にきちんと載っていて、帽子の下には手袋があった。外出用軍装だった。首のところのものが、純白のシャツと好対照をなしていた。だしぬけに頭を動かして講堂の横の窓のほうを見た、それにつれて勲章も半ば窓を向いた、マールケはぎくりとした、きっと見つけられたと思ったのだろう、だがそうではなかった。ぼくたちが坐っている張り出しの窓を通して、潜水艦長は、埃をかぶったままじっと立っている栗の木を眺めたのであった。彼はなにを考えているのだろう、マールケはなにを考えているのだろう、クローゼはしゃべりながらなにを、ブルニース先生はしゃぶりながらなにを、ヴェラ・プレッツはきみの紙切れをもらってなにを、ヒルトヒェン・マトゥルはなにを、彼は、彼は、彼は、なにを考えているのだろう、マールケは、おしゃべりの口をした彼は、とそのときぼくは考え、あるいは今も考えている。潜水艦長というものが、話に耳を傾けねばならぬときに、潜望鏡の十字線《クロスワイヤ》も上下する水平線もない所で、高校生マールケが見つけられたと感じるほど、眼差しをさまよわせながら、なにを考えているのかを知ることは、有益なことだろう。しかし彼は高校生たちの頭越しに、二重ガラスを通して、無愛想な中庭の木々の乾いた緑にじっと目をやり、薄紅色の舌でもう一度、前に述べたおしゃべりの口をくるっと湿らせた、クローゼがペパーミントの息のかかった言葉で、最後の文章を、講堂の真ん中辺まで送り届けようとしていたからだ、「それでは、故郷にいるわれわれは、われわれの民族の息子である諸君が前線から、あちらこちらの前線からもたらしてくれる報告に、注意深く耳を傾けましょう」

あのおしゃべりな口は当てはずれだった。海軍大尉はまず、どんな海軍年鑑にも書いてあるような概念を、つまり潜水艦の任務をまったく無味乾燥に話したのだ。第一次大戦中のドイツ潜水艦について、Ｕ９艦長ヴェディゲン（一八八二〜一九一五）はダーダネル遠征を決意し、全部で千三百万総登録トン撃沈、次にわれわれの最初の二百五十トン潜水艦、水中では電動機、水上ではディーゼルエンジン、プリーンという名前、次にＵ47のプリーンが登場、プリーン海軍大尉（一九〇八〜四一）は《ロイヤル・オーク》を撃沈した——みんな知ってる話だ、みんな知ってる話だ——《レパルス》も、そしてシューハルトは《カレイジァス》その他を。しかし彼は旧態依然たる話をつづけた、「……乗組員は無条件の協同体です、つまり故郷を遠く離れている、神経の負担は大きい、まあ想像してもごらんなさい、われわれの艦は大西洋か北氷洋にいる、鰯の罐詰です、狭くて蒸し暑い、予備の魚雷の上で眠らなければならない、何日もなにも起こらない、水平線にはなにも見えない、そしてとうとう護送船団が現われる、強力な護衛を伴って、万事淀みなく運ばねばならない、余計な言葉はしゃべらない。そしてわれわれがはじめて三七年に完成したばかりのタンカー《アーンデイル》一万七千二百トンを、船腹に二発魚雷を命中させて仕止めたとき、信じていただけるかどうかわかりませんが、シユタハニッツ先生、あなたのことを考えたのです、ぼくはインターフォンのスウィッチも切らずに大声でクイ、クアエ、クアド、クイス、クイス、クイス……と始めたのです、とうとう副長がインターフォンを通してどなり返してきました、よくできました、大尉殿、今日の課業は終わり！　しかし索敵行は残念ながら、ただ攻撃するだけ、魚雷管第一発射、魚雷管第二発射というだけではない、何日も単調な海、艦の横揺れ縦揺れがつづくのです、上には空がひろがっている、空がくるくるまわる、諸君に申しあげるが、日没もあるのです……」

首に美しく彫刻したものをさげたその海軍大尉は、二十五万総登録トン、ディスパッチ級軽巡洋艦一隻、トライバル級大型駆逐艦一隻を撃沈したにもかかわらず、詳細にわたる戦果報告ではなく、言葉豊かな自然描写で、彼の講演を締めくくった、そして大胆な比喩を捻《ひね》りだして、こういった、「……艦尾の海にまばゆいほど白い泡が立ちます、高価に波立つレースの裳裾《もすそ》が艦跡を追い、艦はまるで、泡のヴェールに蔽われ、死をもたらす結婚式に向かって進む美しく着飾った花嫁みたいなのです」

くすくす笑ったのはお下げ髪の少女たちばかりではなかった。しかし次の比喩がふたたび花嫁を消し去った、「このような潜水艦はこぶを持った鯨のようなものです、艦首の波は幾重にも捻った軽騎兵の髭みたいなのです」

そのうえ海軍大尉は、味もそっけもない術語を暗い童話の言葉のように強調する術を知っていた。おそらく彼は、その講演をぼくたちに向けてするよりは、むしろ、アイヒェンドルフに熱中していた彼のかつての国語の先生パパ・ブルニースの耳に向けてしたのである。彼の表現力に富む論文のことは、クローゼが何回も引き合いにだした。そんなわけで、ぼくたちは、彼が「レンツプンペ」（ビルジポンプ）とか「ルーダーゲンガー」（操舵員）とか神秘的に囁くのを聞いた。彼が「母羅針儀」や「ジャイロスコープの娘たち」というとき、おそらくぼくたちに変わった言葉を教えるつもりだったのだろう。しかしぼくたちは、そうしたくだらぬ海軍用語を数年前から知っていた。それでも彼は童話を話す小母《おば》さんになろうとし、夜半当直とか球型防水壁という言葉や、「波立つ海の四つ辻」という一般に理解される言いまわしを、たとえばアンデルセンとかグリム兄弟といった好々爺が「潜水艦探知機の衝撃」についてさも秘密めかして囁くように、発音したのである。

彼が日没の描写を始めたときには、聞いていて切なくなってきた、「大西洋の夜が、魔法によって鳥からつくられた布のように、われわれをすっぽり蔽う前に、徐々に色彩が変わるのです、われわれが家にいては絶対見られない色です、一つのオレンジが現われる、肉のような自然に反した色です、次に霞のように重さがなくなり、まわりは老大家の絵に見られるようなえもいわれぬ色になる、そのあいだには柔らかな羽のある雲がただよう。真っ赤に揺れる海の上のなんという異様な輝き！」

かくして彼は、首にかけた固いもので、色彩のオルガンを轟かせざわめかせた、水色から冷たく輝くレモンのような黄色を通って、鳶色がかった紫へと色は移った。彼の話を聞くと、けしが空に昇るのだった。そのあいだには、最初は銀色で次に赤くなる雲があった、「鳥と天使はこのように血を流すのでしょう！」と彼は文字どおりのおしゃべり口で言い、危なっかしい自然現象の描写、牧歌的な雲から、突然、《サンダーランド》型の飛行艇を潜水艦へコースをとってぶるんぶるんと降下させた。そして飛行艇がなにも発見できなかった後、今度は比喩を使わずに、講演の第二部を、同じおしゃべりな口で開始した、簡単に、そっけなく、つけたりといったふうに、「潜望鏡のところに坐っていました。攻撃開始、冷凍船らしい、艦尾から沈没。艦は針路一一〇で海底へ。駆逐艦が艦の方位一七〇から追ってくる、左舷一〇、針路一二〇度を持続、スクリューの音が遠ざかり、また大きくなる、一八〇度を通過、ドスン、六、七、八、十一、電燈が消える、ついに非常照明、つぎつぎに部署から準備よろしの報告。駆逐艦は停止した。最後の方位一六〇、左舷一〇。針路四五……」

残念ながら、このまことに痛快な幕間劇の後に、ただちに長々と自然描写がつづいた、「大西洋の冬」とか「地中海の燐光」とか、箒でクリスマスツリーの代用をさせる「潜水艦のクリスマス」の情緒豊かな風景など。最後に彼は、成功した索敵行からの帰還を神話にまで高めて、オデュッセウスとそれにまつわる話を援用して歌いあげた、「最初のかもめたちが港の近いことを告げ知らせるのです」

クローゼ校長が、ぼくたちにお馴染みの「それでは勉強にかかれ!」という結びの言葉でもって講演を終わりにしたのか、『われらは嵐を愛す』をみんなで歌ったのか、ぼくは覚えていない。むしろ覚えているのは、弱くはあるが丁重な喝采であり、女学生とお下げ髪がばらばらに立ちあがったことである。振り返ってマールケを見ると、彼は去った後だった、彼の真ん中から分けた髪が、右手の出口の前で何度か浮かびあがるのが見えたが、ぼくは片方の脚が講演のあいだにしびれてしまったため、すぐに窓の張り出しからワックスで磨いた床に飛びだすことができなかった。

体育館の隣の更衣室で、やっとぼくはまたマールケといっしょになったが、なんと言いだしたらよいかわからなかった。着更えているうちからすでにさまざまな噂がひろまり、それがほんとうであることがわかった、すなわち、ぼくたちは名誉を与えられたのである、海軍大尉はかつての体育教師マレンブラント先生に、ほとんど練習をしていないが、もう一度懐かしい体育館でいっしょに体操をさせてもらいたいと頼んだのであった、いつも土曜日は最後の二時間が体育だったが、そのあいだは彼はまずぼくたちに、次に二時間目の始めからぼくたちといっしょに体育館を使用する最上級生たちに、彼のできることを見せてくれた。

ずんぐりしていて、髪は黒くて長く、体格がよかった。彼はマレンブラントから、伝統ある赤いトレーニングパンツと、胸に赤い線が入りその上に黒くCと縫い取りのある白いトレーニングシャツを借りた。着更えの最中に、彼を中心としてブドウの房のように生徒たちが群がった。たくさんの質問が飛んだ、「近くから見せていただけますか？　どのくらいっづくのですか？　そしてもしいま？　しかし快速艇に乗ってるぼくの兄の友人がいってます……」　彼は辛抱強く答えた。時どき彼も理由はないがみんなにつられて笑った。更衣室は笑い声でいっぱいだった。そしてこの点でだけマールケはぼくの目についた、つまり彼はいっしょになって笑わず、ただ黙々と洋服をたたみ、釘に掛けていたのである。

マレンブラントの呼笛でぼくたちは体育館の鉄棒の下に集まった。海軍大尉は、マレンブラントからいちいち指図を受けながら、体育の時間の指導をした、ぼくたちは特別緊張しなくてもよかった、なぜなら彼はぼくたちになにかを、とくに鉄棒で大車輪開脚下りをやってみせることに重きを置いていたからである。ホッテン・ゾンタークを除いてはマールケしかそれができなかったが、だれの目にも見るに忍びない演技だった、彼は惨めにも膝を曲げて、発作的に車輪と開脚をやめてしまったのである。海軍大尉がぼくたちといっしょに、綿密に組み立てられた自由な床運動を始めたときも、相変わらずマールケの喉仏は狂ったように踊っているのがはっきりわかった。七人の上を越えて前で一回転して受け止めてもらう、水平跳び前方回転では、彼はマットの上に斜めに着地した、きっと足をくじいたのだろう、軟骨をぴくぴくさせながら横の丸太に腰掛け、二時間目が始まって最上級生がやってくるまで、こっそり隠れていたに違いない。最上級生と対抗のバスケットボールが始まるとやっとぼくたちのチームに加わり、三ゴールか四ゴール得点した。それでもぼくたちの負けだった。

ノイショットラントのマリア聖堂からは、グセウスキ司祭がどんなにたくさん色とりどりの石膏像と寄進されたきらびやかな装飾を広い正面の窓から差しこんでくるあの体育にふさわしい光の中に置いても、近代的設計の旧体育館の持つ味気ない錬成的性格がいぜん失われずにいたのと同程度に、ぼくたちの新ゴチック式体育館は荘厳な印象を見る人に与えた。あの聖堂ではあらゆる秘密の上を明るさが支配したのに対し、ぼくたちは秘密に満ちた薄明の中で体操したのだ。ぼくたちの体育館には尖頭迫持《せりもち》式の窓があり、その煉瓦の装飾が、円花窓と火炎式装飾の窓とを区切っていた。マリア聖堂では奉献、聖変化、聖体拝領が白日の下に曝《さら》された魔力を失って仰々しいばかりの流れ作業のように相変わらず行なわれていたのに対し、――ホスチア（ミサのときもらうパン）の代わりに、ドアの金具か道具か、昔のようにラケットとかバトンといった体操用具が分配されたっていっこうおかしくなかった――ぼくたちの体育館の神秘的な光の中で見ると、体育の時間の最後の十分間は元気にバスケットボールをすることになっていたのだが、その二チームの簡単な抽籤《ちゅうせん》が、まことに厳かで感動的に見えた、まるで叙品《じょほん》式か堅振の秘蹟みたいだった。抽籤で勝ったチームは、神聖な儀式を勤めるようにうやうやしく、薄明るい背景へと去って行った。ことに外では太陽が輝き、幾筋かの朝の陽光が、中庭の栗の木の葉を洩れ、尖頭迫持式の窓を通して入ってくるときには、吊り輪かブランコで体操をしてみると、斜めに差しこむ光のために、情趣溢れる効果があった。骨惜しみをしなければ、今日でもぼくの目には、ミサの侍者の服のように赤いわが高校のトレーニングパンツをはいたずんぐりした海軍大尉が、揺れるブランコでやすやすと流れるように体操する姿が浮かんでくる、彼の足が――はだしだった――非の打ちどころなくぴんと伸びて、金色にきらめく斜めから差す陽光の一筋の中に浮かびあがるさまが見える、彼の両手が――突然彼はブランコに膝を掛けてぶらさがったのだ――埃の舞う金色の光の帯をつかもうとするのが見える。ぼくたちの体育館はこんなにも驚くほど古風だった、そして更衣室にもその光が尖頭迫持式の窓を通して入ってきた。だからぼくたちは更衣室を香部屋と呼んでいた。

マレンブラントの呼笛が鳴った、最上級生も六年生もバスケットボールをやめて整列し、海軍大尉のために『朝露ふんでぼくたちは山へ行くファレラ』を歌わねばならなかった、それから解散して更衣室へ行った、すぐに海軍大尉のまわりにはまた人垣ができた。最上級生だけはあまり図々しく寄りつかなかった。海軍大尉は、一つしかない洗面器で――シャワー室はなかった――両手と腋《わき》の下をていねいに洗い素早い身のこなしで下着をつけ、借りたスポーツ着を、ぼくたちに見えないように脱ぎ捨てているあいだに、またもや生徒たちの質問に答えなければならなかったが、彼は笑いながら、親切に、我慢強くそれをした、生徒たちを上から見おろしながら。それから質問と質問の合間に急に押し黙って、疑わしげに手探りした、はじめはこそこそと、次にはおおっぴらになにかを探していた、椅子の下も――「ちょっと待ってくれたまえ、すぐまた艦へもどらなくちゃならないんだ」――そして紺色のズボンと白シャツ姿で、靴もはかずに、靴下のままで、海軍大尉は、生徒たちと椅子の列のあいだを通り、小さな猛獣小屋みたいな動物園の匂いのあいだを押しわけかきわけしながら進んだ。彼の襟は開いて立っていた、いつでも、ネクタイと、あのぼくにはなんという名前だかわからぬ勲章のついたリボンを結ぶばかりになっていた。マレンブラントの教官室のドアには、一週間の体育館使用日程が掛けてあった。彼はノックすると間をおかずに部屋に入った。

ぼくはとっさにマールケのことを考えたのだが、そうしなかった人がいただろうか？はっきり覚えていないが、しかしぼくは、急を要すると思ったものの、「マールケはどこだ？」とすぐさま大声で叫びはしなかった。シリングすら叫ばなかった、ホッテン・ゾンタ一ク、ヴィンター、クプカ、エッシュ、だれ一人叫ばなかった。むしろぼくたちはみんな揃って、病身で小さなブッシュマンだろうと見当をつけたのだ。なにしろこの子ときたら生まれながらにしていつもにやにや笑っていて、一ダース平手打ちくらった後でも、それをやめることができないのだった。

　ラシャ地のバスローブを羽織ったマレンブラントと服を着かけたままの海軍大尉とがぼくたちの中に立って、「だれがしたんだ？　名乗り出たまえ！」と怒鳴ったとき、ブッシュマンがみんなに押しだされた。ぼくもブッシュマンだと言い、しかも、そうだ、ブッシュマンしかいないだろう、ブッシュマン以外にだれがいる、と自然に思いかねないほどだった。ただ、ブッシュマンが四方から、海軍大尉や最上級生の級長からさえも訊問を受けているあいだ、ずっと外側の後頭部のところでなにかむずむずする感じがし始めた。そしてこのむずがゆい感じは、訊問最中にさえその顔からにやにや笑いが消えないために、ブッシュマンが最初の平手打ちをくらったとき、定着した。ぼくが目と耳で、ブッシュマンがはっきりと白状するのを待っているあいだに、確信がうなじを匍いあがって大きくふくれた、そうだ、某君なんかじゃない！

　ぼくはにやにや笑うブッシュマンからはっきりした言葉を待っていたのだが、その気ももうなくなった。ことにマレンブラントが彼にあまりにたくさん平手打ちを加えたので、わけがわからなくなってしまったのだ。マレンブラントはもはやなくなったもののことはいわなくなり、殴りつける合間にこう怒鳴っていた、「にやにや笑うのはやめたまえ！　にやにやするな！　にやにやするのを叩き直してやる！」

ついでにいうと、マレンブラントは成功しなかった。ブッシュマンが今日まだ生きているかどうか知らない。しかし歯医者か獣医か代診のブッシュマンがいるならば――ハイニー・ブッシュマンは医学を勉強するつもりだった――にやにや笑うブッシュマン博士がいることだろう。つまり、にやにや笑いはそうやすやすと消えはしない、それはねばり強く、戦争と通貨改革を生き残り、ネクタイのない海軍大尉が訊問の成功するのを待っていたあのときからもう、マレンブラント先生の平手打ちに打ち勝ったのである。

ぼくはこっそりと――みんなの目はブッシュマンに注がれていたにもかかわらず――マールケのほうを振りかえった、彼を探す必要はなかった、つまりぼくにはうなじでわかっていたのだ、彼がどこで聖母マリアの歌を歌っていたのかを。すっかり洋服を着てしまい、遠く離れてはいないが、生徒たちの雑沓からはずれた所で、彼はシャツのいちばん上のボタンをはめていた、それは裁ち方と線の入っているのを見てわかるとおり、父親の遺《のこ》したワイシャツの中から引っぱりだしてきたものらしかった。彼はボタンをはめながら、ボタンのうしろの彼の特徴をしまいこもうと一所懸命だった。

マールケは、首のあたりをごそごそやっていることと、それにつれて咀嚼《そしゃく》筋が動いているのを除けば、おちついた表情をしていた。喉仏の上でボタンをはめることができないのがわかると、彼はまだ釘にかかっていた上衣の胸のポケットから、皺くちゃのネクタイを取りだした。ぼくたちのクラスではだれもネクタイをしていなかった。七年生と最上級生では、数人のしゃれ男が変てこな蝶ネクタイをしていた。二時間前、海軍大尉が演壇から、大自然に熱狂した講演をしているあいだ、マールケのシャツの襟元は開いていた。しかし彼の胸のポケットにはすでにネクタイがくしゃくしゃに丸めて入っていて、大きな機会の到来を待っていたのである。

マールケのネクタイのお目見え！　更衣室にたった一つある上のほうが汚れた鏡の前で、彼は水玉模様の、今から思えば趣味の悪いネクタイを、めくりあげたカラーに締めたのだが、鏡には近づかず、むしろ距離をおいて、見かけだけ鏡に向かっているといったふうだった。それからカラーを折り返し、あまりにも大きすぎる結び目をもう一度手でつまみ、大声ではないが力を籠めていった、それは彼の言葉が相変わらずつづいている訊問と、海軍大尉がとめるのもきかず、飽きもせずマレンブラントがブッシュマンのにやにやしている顔に乾いた音を立てているあの平手打ちの雑音から、はっきりと際立って聞こえるほど、力を籠めた声だった、「ブッシュマンがやったのじゃないというほうに、どちらかといえば賭けてもいいですよ。だけど、もうブッシュマンの着物を探したのですか？」

ただちにマールケの言に聞き入る人たちがいた。そのとき彼は鏡に向かってしゃべったのだ。彼のネクタイという新しいトリックが人目を惹いたのは、ずっと後になってからのことだが、そのときでも特別目立ったわけではない。マレンブラントは自らブッシュマンの衣類を探り、すぐさまそのにやにやした顔をもう一度殴りつける理由を見いだした、なぜなら両方の上衣のポケットに数個の封を切ったコンドームの包みがあったからである、ブッシュマンは上のクラスの生徒にそれを小売りしていたのだ。彼の父親は薬屋をやっていた。そのほかにはマレンブラントはなにも発見できなかった、そして海軍大尉は簡単に諦めてしまい、将校用のネクタイを結び、カラーを折り返し、以前は勲章が輝いていたが今はからっぽの場所をとんとんと叩き、それからマレンブラントに、この事件をあまり深刻に考えないように申し出た、「代わりがあります。世間の出来事とは違います、先生。ちょっとした子供のでき心ですよ」

しかしマレンブラントは体育館と更衣室の錠をかけさせ、二人の最上級生に手伝わせて、ぼくたちのポケットを検査し、隠されている可能性のある部屋の隅々もくまなく探した。最初はおもしろがって手伝っていた海軍大尉も、だんだんいらいらしてきて、普通だれも更衣室ではする勇気のなかったことを、やってのけたのである。すなわち彼は立てつづけに煙草を喫い、喫いさしをリノリウムの床で踏み消したので、マレンブラントが無言で痰壺を押してよこしたときには、明らかに気まずい雰囲気が生じた、それはもう何年も使われずに洗面器の隣で埃をかぶっていたが、それも盗品の隠し場所としてすでに検査のすんだ痰壺だった。

海軍大尉は生徒のように顔を赤らめ、火をつけたばかりの煙草を、軽く反ったおしゃべりな口からもぎ離し、二度と煙草を喫わずに腕を組み、次にそっけない拳闘選手のような動きで、腕時計を袖からだすと、神経質に時間を読み取り、急いで帰らなければならないといった顔をした。

彼はドアのそばで、手袋をはめた指で別れを告げ、捜索のやり方が気に入らないことをほのめかし、この不愉快な事件は校長に委ねる、せっかくの休暇を悪童連のために台無しにされるつもりはないといった。

マレンブラントは一人の最上級生に鍵を投げてよこした、最上級生はまったく不器用だった、おかげで更衣室の鍵を開けるのにひどく手間取ってしまった。

Ⅷ

引きつづいて捜索が行なわれたため、土曜日の午後は潰れてしまったが、なんの成果もあがらなかった、そしてここで物語る値打ちのないわずかの断片的な部分だけがぼくの記憶に残っているにすぎない、ぼくはマールケと、彼が時どきその結び目を上へ押しあげようとしていた、すでに述べたネクタイから目を離すわけにはいかなかったからだ。しかしマールケを幸福にするためには、一本の釘が必要だったのだろうが、――きみを助けてやれなかった。

そして海軍大尉は？　もしこんなことが質問に値するというなら、あけすけにお答えしよう、すなわち彼は午後の捜索には立ち合わなかった、そしてけっして確認はできないが、次のような推測はおそらくほんとうだったろう、彼は婚約者に案内してもらって、町の勲章店を三軒か四軒走りまわったという噂だ。ぼくたちのクラスのだれかは、次の日曜日《カフェ四季》で彼に会ったという、しかも婚約者とその両親にかこまれていただけではなく、彼のシャツの襟にはなにも足りないものはなかった、そしてカフェのお客たちは、彼らの真ん中に坐って、戦争三年目のけちなお菓子を作法どおりフォークで食べるのに苦労している男がだれであるかに気づいて、びっくりしたことだろう。

ぼくの日曜日はぼくをカフェに導かなかった。ぼくはグセウスキ司祭と、早朝ミサの侍者を引き受ける約束をしてあったのだ。マールケは格子縞のネクタイをして、七時ちょっと過ぎにやってきたが、五人の普通の老婆とでは、かつての体育館のそらぞらしさを拭い去ることはできなかった。彼はいつものとおり、左の外側で聖体を拝領した。前の晩、学校での捜索が終わった後その足でマリア聖堂を訪れ、告解をしたに違いなかった。さもなければ、きみは聖心教会で、あれやこれやの理由から、ヴィーンケ司祭の耳に囁いたのだろう。

グセウスキはぼくを呼びとめて、ロシアで戦っているか、おそらくもう戦っていないかもしれぬ、ぼくの兄のことを訊ねた、ここ数週間というもの兄についての知らせがまったくなかったからだ。ぼくがもう一度大合羽《カッパ》全部と白衣《アルバ》にアイロンを当ててピンとしてやったから、彼がぼくに苺ドロップを二本くれたのだったかもしれない、いずれにせよ、ぼくが香部屋を出たときには、マールケはもう去った後だったことは確かである。彼は一電車先に行ったらしかった。ぼくはマックス＝ハルベ広場で九番線の連結車に乗った。シリングはマクデブルク通りで、電車がもうかなり走りだしてから、飛び乗ってきた。ぼくたちはまったく別のことを話題にした。たぶん、グセウスキ司祭からもらった苺ドロップを少し彼にもやったと思う。グート＝ザスペとザスペ墓地のあいだでぼくたちはホッテン・ゾンタークを追い抜いた、彼は婦人用自転車にまたがり、後の荷台には小さなポクリーフケが馬乗りになっていた。相変わらずその干からびた子はなめらかな蛙の脚をしていたが、もうどこもかしこもぺちゃんこというわけではなかった。自転車が風を切って進むと、彼女の髪の長いことがわかった。

ぼくたちはザスペのポイントの所で、反対方向からくる電車を待たねばならなかったから、そのあいだにトゥラを乗せたホッテン・ゾンタークはぼくたちをふたたび追い抜いた。ブレーゼンの停留所で二人は待っていてくれた。自転車は海水浴場管理人室の紙屑籠に立て掛けてあった。彼らは弟妹遊びをし、小指と小指をからませて立っていた。トゥラの着物は青色で、青い着色剤のように青かった、そしてどこもかしこも短すぎ狭すぎ青すぎた。バスローブその他をぐるっと丸めて、ホッテン・ゾンタークが担いでいた。ぼくたちは、無言で目を見交わし、事情を納得し、帯電した沈黙から、「はっきりしている、マールケしかいない、ほかにだれがいる？　すげえ野郎だ」という言葉を読み取ることのできる仲間だった。

トゥラは詳しい話を聞きたがり、尖った指でしきりに押したり小突いたりした。しかしぼくたちのだれも、はっきり名前をあげていうことはしなかった。いぜん「マールケのほかにだれがいる」とか「はっきりしている」とかいう簡潔な言葉をくり返した。シリングだけは、といってもその新しい呼び名をはじめて使ったのはぼくなのだが、ホッテン・ゾンタークの頭とトゥラの小さな頭との隙間に、「偉大なマールケ。それをやったのは、それができるのは、偉大なマールケだけだ」といった。

そしてこの名称はすたれなかった。以前マールケに綽名をつけようとして、いろいろやってみたのだが、どの綽名もしばらくすると消えてしまった。まだ覚えているのでは《スープ鶏》というのがある。またぼくたちは、彼が近くにいないときには、《大食漢》とか《あの大食漢》と呼んだ。しかしぼくが思わず「偉大なマールケがやったんだ！」と叫んでから、その綽名は生存権を得たのである。そんなわけで、この記録には時どき《偉大なマールケ》という言葉が出てくるはずだが、それはヨアヒム・マールケのことなのである。

入場券売り場でぼくたちはトゥラから解放された。彼女は女子更衣室へ消え、肩甲骨で服地をぴんと伸ばした。男子更衣室のヴェランダふうの入口から、上天気の空を千切れ飛ぶ雲が淡い影をおとしている海が見えた。水温十九度。ぼくたち三人は、別段だれかを探すつもりはなかったのだが、二番目の砂州の向こうを、背泳ぎで荒っぽく水しぶきを立てながら、掃海艇の上甲板目指してだれかが泳いで行くのが見えた。ぼくたちは、だれか一人は後を追いかける必要があるということで、意見が一致した。シリングとぼくはホッテン・ゾンタークにすすめた。彼はトゥラ・ポクリーフケと家族専用海水浴場の日除けの壁のうしろに横になって、海岸の砂を蛙の脚にまき散らしているほうを望んだ。シリングは、朝飯を食べ過ぎたんだと予防線を張った、「卵やいろいろね。クラムピッツのおばあちゃんが鶏を飼ってて、日曜日っていうと時どき、卵を十五も持ってきてくれるんだ」

ぼくには言い訳が一つも思い浮かばなかった。朝飯はミサの前にすませた。ただたまには公平な判断の命ずるところに従った。しかもシリングとホッテン・ゾンタークは《偉大なマールケ》といわなかったが、ぼくはいってしまった、それでぼくは彼を追って泳いでいった。格別急ぎはしなかったが。

婦人専用海水浴場と家族専用のあいだの道板で、あやうく一騒ぎおきるところだった、トゥラ・ポクリーフケがいっしょに泳いで行きたいというのだった。彼女は手摺の上に腰掛けていたが、手も足も筋ばかりだった。ここ数年夏になると、相変わらず、大雑把に繕った鼠色の同じ子供用の海水着が彼女にへばりついていた。少し胸のあたりが窮屈で、太腿がくびれ、両脚のあいだの擦り切れた生地の上から沼地の割れ目がそれとなくわかった。彼女は鼻に皺をよせ、爪先をひろげて文句をいった。トゥラがなにか贈り物にごまかされて――ホッテン・ゾンタークが彼女の耳に囁いた――いっしょに泳ぐのを諦めかけたとき、四、五人の四年生が、手摺を越えてやってきた、小舟でたびたび会ったことがあるが、みんな泳ぎが上手だった、彼らはなにか小耳に挟んだのだろう、あからさまに小舟が目標だとはいわなかったし、また「ぼくたちどこかぜんぜん別のところへ行くつもりです。突堤か、眺めのいいところ」といったものの、ほんとうは小舟へ行きたかったのだ。ホッテン・ゾンタークはぼくのことが心配だった、それで「彼を追って泳いだやつは、きんたまを磨いちゃうぞ」

ぼくは道板から無造作に飛びこんで、泳ぎ始めた、時どき泳ぎ方を変えたが、急ぎはしなかった。泳ぎながら、そして今書きながら、ぼくはトゥラ・ポクリーフケのことを考えようとしたし、考えようとしている、つまりマールケのことをいつも考えようとしていたわけではなかったし、今もそうなのである。それ故にぼくは背泳ぎをしたし、それ故にぼくは、背泳ぎをした、と今書いているのだ。背泳ぎをしなければ、鼠色のウールの海水着を着たトゥラ・ポクリーフケの骨ばった身体が手摺の上に腰掛けているのを見ることができなかったし、今もできない、彼女はずっと小さくなり、ずっと気違いじみてき、ずっと痛々しくなる。ということは、彼女はぼくたちみんなの肉の中に、骨片として坐っていたのだ――だがぼくが二番目の砂州を過ぎると、彼女は拭い去らされ、もはや点でも骨片でも穴でもなくなった、ぼくはもはや泳ぎながらトゥラから離れたのではない、マールケに向かって泳いだのだ、ぼくは今きみのほうへ筆を進めている、つまりぼくは平泳ぎで進んだ、急ぎはしなかったが。

ストロークとストロークのあいだに書きしるしておくが——水は身体を浮かしてくれる——それは長い夏休みの始まる前の最後の日曜日だった。あのころなにがあっただろう？ クリミア半島を占領した、そしてロンメル将軍（一八九一～一九四四）は北アフリカでふたたび進撃を開始した。復活祭からぼくたちは六年生だった。エッシュとホッテン・ゾンタークは志願して、二人とも空軍に入ったが、海軍に行こうか行くまいか迷ったあげく戦車歩兵を選んだぼくと同じく、後に戦車歩兵になった、一種の歩兵の精鋭部隊である。マールケは志願しなかった、いつものように一人だけ例外となり、「きみたち気が変になったんじゃないか」といった。しかし、一つ年上だった彼には、ぼくたちに先んじて勇名をはせる絶好の機会がいくつも与えられたのだ。だが記録する者は先走ってはならない。

最後の二百メートルを、ぼくは、呼吸が楽なように泳ぎを変えず平泳ぎで、さらにゆっくりと泳いだ。偉大なマールケはいつものように羅針箱の陰に坐っていた。膝にだけ日が当たっていた。彼はすでに一度潜ったあとだったろう。ある序曲の終わりのほうのごろごろいう音が、微風にゆらめいて、さざ波といっしょにぼくのほうへ漂ってきた。それが彼のやり口だった、つまり、小部屋に潜り、蓄音機のクランクをまわし、レコードをかけ、真ん中で分けた髪から水を滴らせて浮かびあがり、陰の中に腰をおろし、かもめたちが小舟の上で輪廻に対する信仰を鳴き声で伴奏しているあいだ、彼の音楽に耳を傾けるのだった。

いや、あまり遅くならないうちに、ぼくはもう一度背泳ぎに変えて、じゃがいも袋の形をした大きな雲を眺めるつもりだ、雲はいつでもきちんと釣り合いを保って、プッツィガー・ヴィークからぼくたちの小舟を越えて南東の方向へ動き、変化する光と、雲の長さだけの涼しさとを与えてくれた。その後けっして——あるいはアルバン神父がぼくに手伝わせて、二年ほど前、ぼくたちのコルピング館（コルピング（一八一三～六五）によって創立されたカトリック系職人組合の集会所）で開いた展覧会《わが聖堂区の子供たち夏を描く》で見たのを除けば——ぼくは、こんなに美しく、こんなに白く、こんなにじゃがいも袋に似た雲を見たことはなかった。だからもう一度、小舟の崩れた銹に手が届く前に、ぼくは訊ねる、なぜぼくでなければならないのか？　なぜホッテン・ゾンタークかシリングではいけないのか？　四年生を小舟に派遣することはできなかったろうか、それともトゥラとホッテン・ゾンタークを。またトゥラを入れて彼ら全員を、ことに四年生たちは、その中の一人はトゥラの親類らしかった——みんなは彼をトゥラの従兄弟と呼んでいた――干からびた女の子の尻を追っかけていたのだから。だがぼくは一人で泳いだ、だれもぼくの後を追わないようにシリングに見張りさせた、そしてぼくは急がなかった。

ぼくはピレンツという姓だ――名前のほうはどうでもよい――以前はミサの侍者を勤めていた、はっきりとはわからないが、なににでもなれるつもりだったのだが、今ではコルピング館の書記で、魔法から離れられないでいる、グノーシス派のレオン・ブロワ（一八四六〜一九一七。仏の作家）、ハインリヒ・ベル（一九一七〜八五。作家）、フリードリヒ・ヘール（一九一六〜八三。オーストリアの歴史家）を読み、善良な老アウグスチヌスの告白にしばしば当惑し、濃すぎる紅茶を前にして、ざっくばらんで半ば信心深いフランシスコ派のアルバン神父と、キリストの血、三位一体説、恩寵の秘蹟について夜な夜な議論し、彼に、マールケとマールケの処女マリアのこと、マールケの咽喉とマールケの伯母のこと、マールケの真ん中から分けた頭、砂糖水、蓄音機、白ふくろう、ドライバー、毛糸の房飾り、光るボタンのこと、猫と鼠と私のあやまち《メア・クルパ》について物語り、また偉大なマールケが小舟の上に坐っていて、ぼくが急ぐでもなく、平泳ぎや背泳ぎで彼のところへ泳いで行った話をする。もしマールケと友情を結ぶことができるとしたら、ぼく一人が彼と友だちだったのだから。とにかくぼくは苦労したが、それは苦労ではなかった。たった一人で、彼及び彼の時どき変わる付属品と並んで走った。マールケが「これとこれをしろ」と命令したら、ぼくはそれと、さらにそれ以上のことをしただろう。しかしマールケはなにもいわなかった、ぼくが彼の後を追い、少しまわり道だが、彼と並んで学校へ行きたいと思って、オスター街へ彼を迎えに行けば、彼はなにもいわずなにも合図しなかったが、いやとはいわなかった。そして彼が房飾りで流行の口火を切ったとき、ぼくが流行を真似て房飾りを首につけた最初の生徒だった。家にいるときだけだったが、しばらくのあいだドライバーを靴紐につけてぶらさげたこともあった。四年生になって以来、信仰もあらゆる前提もなくなってしまったのに、ミサの侍者としてグセウスキ司祭の気に入られるように勤めていたのも、ただただ聖体を拝領するマールケの喉仏を見ていられるからであった。だから偉大なマールケが四二年の復活祭の休暇の後——珊瑚海では航空母艦の戦があった——はじめて髭を剃ったとき、二日遅れて同じようにぼくも顎を引っ掻いた、ぼくの場合、髭なぞまったく問題にならなかったのに。マールケが潜水艦長の講演の後でぼくに「ピレンツ、紐のついたあれをやつから盗め!」といったなら、ぼくは黒白赤のリボンのついたそれを釘から取ってきて、きみのために隠しておいてやったろう。

しかしマールケは自分のことはいっさい自分でして、艦橋の日陰に坐り、彼の水中音楽の苦しげな最後の部分に耳を傾けていた、『カヴァレリア・ルスティカーナ』だった——空にはかもめたち——海はあるときはなめらかで、あるときはさざ波を立て、あるときはせわしなく波立つ——沖の泊地には二隻の老朽船——雲の影が急に飛び去る——プッツィヒに向かう快速艇の編隊、六つの船首波、そのあいだに漁船——もう小舟がしゃっくりしている、ぼくはゆっくりと平泳ぎで進む、よそ見をし、じっと見つめ、眼差しを移す、排気孔の残骸のあいだから——ほんとうはいくつあったのだろう？——両手が銹をつかむ前に、きみを見る、あれから十五年にもなる、ぼくは泳ぎ、銹をつかみ、きみを見る、偉大なマールケはじっと陰の中にしゃがみ、地下室のレコードはいっこうに進もうとせず、いつも同じ個所に惚れて、すり減る、かもめが小舟をかすめて飛び去る。そしてきみはリボンのついたあの品を首に掛けている。

彼はふだんなにも身につけていないので、おかしな格好に見えた。彼のいつも日に焼けている骨ばった身体が裸で陰の中にうずくまっていた。膝だけがまぶしかった。半ば目覚めた長い一物ときんたまが銹の上にぴったりついていた。ひかがみが両手を挟みつけていた。髪の毛は房になって両方の耳の上に垂れているが、潜った後でも相変わらず真ん中で分けてあった、顔はといえば、キリストの顔だということもできたろう——そして顔の下でたった一つ身体を蔽っていたのは、鎖骨から手の幅だけ下のところに静止している、大きな、まったく大きなボンボンであった。

喉仏は、ぼくがずっと予想していたとおり――予備のモーターはあるにせよ――マールケのモーターでありブレーキであったのだが、今はじめて正確に釣り合う錘を発見したのである。喉仏は静かに皮膚の下で眠っていて、しばらくは動く必要がなかった、なぜならば、喉仏にとって役に立ち、釣り合いを量って交叉しているものには、長い歴史があり、金と鉄とが同じ値打ちであった一八一三年にすでに、かの懐かしい老シンケル（一七八一～一八四一 画家兼建築家）が擬古典主義の形式感覚でもって設計したときから人目を惹くものであったからだ、その後一八七〇～七一年と、一九一四年から一八年までと、今度と少しずつ修正された。しかし、シンケルの作品ははじめ胸から首へ移され、左右対称を信条としていたけれども、マルタ十字から発展したあのプール・ル・メリット勲章とはなんの関係もなかった。

「ねえ、ピレンツ、まったくすてきな勲章だろう、どうだ」

「すげえや、触らせてよ」

「堂々と手に入れたんだ――それとも？」

「きみがやったんだなって、あのときすぐ思った」

「とんでもない！　昨日授与されたんだ、だってぼくは、ムルマンスク航路の護送船団のうち五隻と、それにサザンプトン級の巡洋艦一隻を……」

　ぼくたちは荒唐無稽なことを言い合い、お互いに上機嫌なところを見せようとして、蛮声を張りあげてイギリス進軍歌をいちばんから全部歌い、新しい歌詞もでっちあげた、その歌詞によれば、どてっ腹に穴をあけられるのは、タンカーや輸送船ではなくてグドルン女学校のある女学生や女の先生たちだった、それから、両手でメガフォンをつくり、沈没の臨時ニュースを一部は卑猥な一部は大げさな暗号でわめき立て、拳と踵で艦橋の甲板を打ち鳴らした、小舟はどよめき、がたがた音を立て、震動で乾いた糞が落ちた、かもめたちがまたやってきた、快速艇が港に入った、頭上を美しい白雲が漂い、水平線にはたなびく煙のように軽やかに、往来と幸福と微光があったが、魚は跳びはねなかった、天気は相変わらず好意的だった、たしかにあのものがぴょんぴょんはねていたが、それは咽喉ではなく、彼全体が生き生きとしてきて、はじめてほんの少し羽目をはずしたからだ、キリストの顔なぞなかった、むしろ気が狂ったみたいに、あの品物を首からはずすと、気どった身ぶりで、リボンの両端を腰骨の上に掛け、脚と肩とねじ曲げた頭で、ある特定の少女ではないが、とにかく少女の真似をかなり滑稽に演じながら、大きな金属のボンボンを、彼のきんたまと一物の前でぶらぶらさせた。しかし勲章はわずかに彼の性器の三分の一を蔽うにすぎなかった。

時どき――きみのサーカス番組はだんだんぼくの神経に触るようになった――ぼくは、それを保存しておくつもりかどうか彼に訊ね、それを艦橋の下の薄暗い部屋の、白ふくろうと蓄音機とピウスツキ元帥のあいだに蔵《しま》うのがいちばんいいのじゃないか、といった。

偉大なマールケは別の計画をいろいろ考えていて、それをやってのけた。もしマールケがそれを甲板の下にしまいこんだなら、あるいはもっとよいことに、ぼくがマールケと友情を結ばなかったなら、あるいはもっとよいことに、その両方であったなら、すなわち、その品物は無電室に隠し、ぼくは、好奇心から、また同じクラスにいるという理由から、マールケとただ通り一遍のつき合いをしていたなら――ぼくは今筆をとる必要はないだろうし、アルバン神父に「ぼくの責任だったでしょうか、マールケが後で……」という必要もなかったろう――しかし、ぼくは書く、それは消え失せるに違いないからだ。たしかに白い紙の上に芸を披露することは楽しいことだ――しかし、白い雲、そよ風、正確に入港する快速艇、ギリシア劇の合唱隊の役をするかもめの編隊はぼくにとってなんの役に立つだろう。文法をもった魔法なんて、すべてなんの役にも立たぬ。たとえぼくの書き方が頭文字も句読点もいっさい使わない悪文であっても、ぼくはいわねばならない、マールケは旧ポーランド掃海艇《リビトヴァ》の旧無電室にそれを蔵わなかった、ピウスツキ元帥と黒い聖母のあいだに、瀕死の蓄音機と腐りかけた白ふくろうの上にそれを掛けなかった、ただほんのちょっとだけ、ぼくがかもめを数えているあいだ、ボンボンを首にさげて三十分ほど水中を訪れ、彼の処女マリアの前で、とびきり上等の勲章のことを自慢し——そうぼくは確信している——艦首のハッチを通って、それをふたたび白日のもとに運びだし、それを首に掛けたまま海水パンツをはき、平均したスピードでぼくといっしょに海水浴場に泳ぎ帰り、その鉄製品を手の中に隠したまま、シリング、ホッテン・ゾンターク、トゥラ・ポクリーフケ、四年生たちの目をかすめて、男子専用海水浴場の更衣室へ密輸入したのであった。

ぼくはぼそぼそと半分だけ、トゥラとその取り巻きたちに教えてやった、それから同じようにに自分の更衣室に飛びこみ、急いで着更えをすますと、九番線の停留所でマールケに追いついた。市電に乗っているあいだ、ぼくは彼を説得しようと努めた、海軍大尉の住所はすぐ調べがつくはずだから、たとえ今からでも、勲章を直接手わたしたらどうかと。

彼は聞いていなかったと思う。うしろの乗車口にぼくたちはしがみついていた。日曜日の昼近くで、ぼくたちのまわりは人でいっぱいだった。停留所と停留所のあいだにくると、彼は、彼とぼくのシャツのあいだで手を開いた。ぼくたち二人はぐっと下を向いて、まだ濡れていて皺くちゃになったリボンつきの黒くていかめしい金属を見つめた。グート＝ザスペについたとき、マールケは、リボンは結ばず、試しに勲章をネクタイの結び目につけてみた、そして乗車口の所のガラスを鏡代わりにしようとした。停車して反対方向からくる電車を待つあいだ、ぼくは、彼の片方の耳と、崩れたザスペ墓地を越えて、曲がった海岸の松の向こうの飛行場のほうに目をやった、幸いなことに、ちょうど胴体の太い三発機のＪｕ52が重々しく着陸したところだったので、ぼくは助かった。

しかし日曜日の電車のお客たちは、いずれにせよ、偉大なマールケの展示を見る目なぞ持っていなかったのだろう。小さな子供たちと丸めたバスローブを抱え、座席の向こうまで聞こえるほどの大声で、海岸の疲労と戦わねばならなかったのだ。子供たちが泣き始め、むずかり始め、その声が低くなり、高くなり、押さえつけられ、そしてだんだん眠りの中へ移行して行ったのだが、それが前の乗車口から後の乗車口へと漂ってきてはまた帰って行ったた

——それから、どんな牛乳をも酸っぱくしてしまう匂いも。

終点のブルンスヘーファー通りでぼくたちは下車した、そしてマールケは肩越しにいった、ヴァルデマル・クローゼ校長の昼休みにお邪魔するつもりだと。また、一人で行くつもりだ、——待っててくれても意味がないぞ、ともいった。

クローゼは——みんな知っていたことだが——バウムバッハ通りに住んでいた。ぼくは煉瓦でできた高架線のガードを抜ける所まで彼を送って行ったが、その先は偉大なマールケ一人で行かせた。彼は急がなかった、むしろ鈍角にジグザグと歩いて行った。左手の親指と人差し指でリボンの両端をつまみ、勲章をプロペラのように振りまわし、それをバウムバッハ通りへの推進力に利用した。

まったく途方もないことを考え、途方もないことをやったものだ。もしきみがそれを空高く菩提樹の中に投げこんだら、あの闊葉樹が影をおとすあの別荘地には、かささぎがいっぱい棲んでいて、その品物をくわえて、秘密の貯えか銀の茶匙か指輪かブローチかお祭り騒ぎの道具にするために、運んでいったことだろう。

マールケは月曜日欠席した。クラスではこそこそ噂し合った。ブルニース先生のドイツ語があった。彼はもうまたツェビオン錠をしゃぶっていたが、生徒に分配しなければならないものであった。アイヒェンドルフのページが開かれていた。老人特有のもぐもぐいう声が甘くねばりつくように教壇から聞こえてきた、『のらくら者』の数ページだった、次に詩、水車、小さな指輪、吟遊詩人——二人の丈夫な職人が旅に出た——なによりものろじかを愛するなら——一つの歌がすべてのものの中に眠っている——暖かい風が青く吹いてくる——マールケのことは一言も話さなかった。

火曜日に灰色の書類挟みを持ったクローゼ校長がやってきて、エルトマン先生の隣に坐った——エルトマンは当惑げに揉み手していた——クローゼはぼくたちの頭上に、冷たい息で声を響きわたらせた、前代未聞の不祥事が起こりました、しかも一致団結しなければならぬこの運命的な時代にです。本人は——クローゼは名前をいわなかった——この学校からすでに退学を命ぜられました。しかしながら別の裁判機関、たとえば地方裁判所へは報告しないことに決定しました。生徒諸君は全員、男らしく沈黙を守り、学校の意を体して、不祥事件の名誉を回復するよう勧告します。これが本校卒業生、海軍大尉、潜水艦長、某々勲章拝受者の希望であります……

かくして偉大なマールケは飛ばされたが、——戦争中は決定的に高校から締めだされるということはほとんどなかった——ホルスト＝ヴェッセル高校に引きわたされた。その学校でも彼の事件は言いふらされずにすんだ。

IX

ホルスト＝ヴェッセル高校は戦前はヴィルヘルム皇太子高校と呼ばれ、ぼくたちの学校と同じように埃っぽかった。校舎は一九一二年に建てられたのだと思う、ただぼくたちの煉瓦造りに比べてずっと親しみがあり、郊外の南、イェシュケンタール森の麓にあった。そんなわけで、秋にふたたび学校が始まったときにも、マールケの通学路とぼくの通学路はどこでもぶつからなかった。

しかし、長い夏休みのあいだも彼はずっと消息不明だった――マールケのいない夏――彼は入営前に無線技術教育を受けておきたいというので、ある国防訓練所入りを志願したという噂だった。ブレーゼンにも、グレトカウ海水浴場にも彼の日焼けした肌は現われなかった。ここのところずっとマリア聖堂で彼を探すことは無意味だったから、夏休みのあいだじゅう、グセウスキ司祭は、信頼できるミサの侍者の一人をもはや当てにすることはできなかった。

ミサの侍者ピレンツは自分に言い聞かせた、マールケのいないミサなんてありえないと。

ぼくたち後に残った者は、それでも、時どき小舟に坐ってみたが、いっこうにおもしろくもなかった。ホッテン・ゾンタークは無電室の入口を探そうとしたのだが無駄だった。四年生のあいだでも、艦橋内部の素敵な家具の入った素敵な部屋についていつも新しい噂が囁かれていた。馬鹿な手下どもから、シュテルテベーカーと呼ばれていた、目の寄った少年は、飽きもせず水に潜った。トゥラ・ポクリーフケの従兄弟の、どちらかというと華奢なやつは、一、二度小舟にきたが、潜ったことはなかった。頭の中やあるいは口にだして、ぼくは彼とトゥラのことを話ししようとした。彼女のことが気になっていたのだ。だが彼女は、ぼく同様に従兄弟のことも——なにをもってか?——彼女の薄くなったウールの海水着と、消えない家具屋の膠《にかわ》の匂いでもって、とりこにしていたのである。「あなたには関係ないことです」と彼はぼくにいった——あるいはそういったのかもしれない。

トゥラは小舟にはこないで、いつも海水浴場にいた、だがホッテン・ゾンタークとの関係は切れてしまっていた。たしかぼくも二度ばかり彼女と映画館へ行ったが、うまく行かなかった。彼女はだれとでも映画へ行った。彼女はあのシュテルテベーカーに惚れていたのだが、片思いだという話だった、つまりシュテルテベーカーのほうはなによりもぼくたちの小舟に惚れていることが明らかで、マールケの小部屋の入口を探していたのだ。夏休みの終わりごろ、彼の潜水が大成功を収めたという話があちらこちらで囁かれていた。証拠はなかった。彼はむれたレコードも腐った白ふくろうも取ってはこなかった。それでも噂は消えなかった。そして二年半経って、シュテルテベーカーが団長だといわれた、あのかなり神秘的な少年グループが警察にあげられたとき、裁判中に、ぼくたちの小舟と、艦橋内部の隠れ家のことがふたたび話題になったという話である。しかしそのときぼくはすでに軍隊に入っていて、とぎれとぎれに話を聞いたにすぎない、グセウスキ司祭が、郵便の通じる最後の最後まで、牧師らしい手紙から友情に溢れる手紙までいろいろと書いてよこしてくれたのだ。そして四五年の一月にきた最後の手紙の中の一通に——そのころロシア軍はすでにエルビングに向かって進撃していた——いわゆる塵払い団が、ヴィーンケ司祭の統理する聖心教会を襲撃した破廉恥な事件のことが書いてあった。その手紙には、シュテルテベーカー少年の名前は本名ででていた。また、そのグループのお守り、マスコットとして奉られている三歳の子供のことも読んだような気がする。時どき確かにそうだと思い、時どき疑わしく思うのだが、グセウスキの最後かその前の手紙に——手紙の束は雑嚢《ざつのう》の中の日記といっしょにコットブス付近で失くしてしまった——四二年の夏休みの始まる前には、その偉大な日を祝うことができたが、夏休みのあいだに栄光を失ってしまったあの小舟のことも書いてあったろうか。今日でも、あの年の夏は、マールケがいなかったために、色褪せて見えるのだ――マールケのいない夏なんてあるものか！

彼がもはやいないからといって、ぼくたちは絶望していたわけではない。とくにぼくは、彼がいないことを、彼の後を追わなくてもいいことを喜んだ。しかし、なぜぼくは、学校が始まるとすぐにグセウスキ司祭の所へ行って、ミサの侍者になることを申し出たのだろう？司祭は縁なし眼鏡の奥で千倍もうれしそうな顔をしたが、ぼくが彼のスータンにブラシを掛けながら――ぼくたちは香部屋にいた――ついでに、ヨアヒム・マールケのことを訊ねると、同じ眼鏡の奥であからさまに真面目な顔になった。片手で眼鏡をおさえながら、おちついて彼はいった、「そうです、今も昔も彼はいちばん熱心な信者の一人です、日曜日のミサをさぼったことはない、あの例の国防訓練所にいた四週間のあいだももちろんだ。きみがただマールケのために、また祭壇の前で奉仕するつもりになったんだと、わたしは思いたくはないよ。ほんとうのところを言いたまえ、ピレンツ！」

たまたま、わずか二週間前に、下士官だった兄のクラウスが、クバニ河畔で戦死したとの知らせが届いたところだった。ぼくは兄の死を、祭壇の前でふたたびミサの侍者を始める理由にした。グセウスキ司祭はぼくのいうことを信じたようだった、あるいは、ぼくの信仰心を再評価して、ぼくを信じようとしたのだろう。

ホッテン・ゾンタークあるいはヴィンターの顔の細部がどんなふうだったか、ぼくはほとんど覚えていないが、グセウスキの頭には、縮れて黒いが、ただところどころ灰色のがまざっている、針金のような髪が、スータンに模様ができるほどふけだらけの頭皮に密生していた。後頭部は几帳面すぎるほどきちんと剃髪《トンスラ》されて青々としていた。白樺ヘアトニックと棕《シュ》櫚《ロ》オリーヴ石鹸が彼の匂いになっていた。時どきトルコ煙草を、細かな彫刻を施した琥珀のパイプにつめて喫った。彼は進歩的ということになっていて、ミサの侍者や、初聖体拝領者たちとも香部屋でピンポンをした。白リンネルはすべて、肩衣《フメラレ》でも白衣《アルバ》でも、トルクミトとかいう女にごわごわするほど糊づけさせたが、その老婆が病気のときには、器用な侍者たちにやらせた、ぼくも何回かやらされた。どんな腕帛《マニプルス》、どんな頸垂帯《ストラ》でも、棚に置いてあろうが掛けてあろうが、正祭服のすべてに、彼は自らラヴェンデルの匂い袋を掛けたり置いたりした。ぼくが十三歳ぐらいのころ、彼は小さな毛の生えていない手を、ぼくのうなじからシャツの下につっこみ、トレーニングパンツの腰のあたりまでおろして、また手を元へもどしたことがあった、パンツには伸縮自在のゴム布がついていなかったので、紐を縫いつけて、前のほうで結んでおいたためなのだ。ぼくは、このちょっかいをだした手に特別の意味があるとは思わなかった、ことにグセウスキ司祭は、親切な、しばしば子供じみたやり方でぼくの関心を惹こうとしていたのだから。ぼくは今日でも彼を思いだすと、皮肉な愛着を感じる。それ故、偶然おこった根本においてはただぼくのカトリック精神を求めただけの罪のない手の動きについて、これ以上語ることはしない。総じて彼は凡百の神父と変わるところはなく、ほとんど本を読めない教区の労働者たちのために、精選された図書室を維持し、極端に熱心とはいえないが、条件つきで信仰心があつく――たとえばマリアの被昇天の場合――そして聖体布《コルポラレ》を越してキリストの血について語るときでも、香部屋でピンポンについて語るときでも、どんな言葉をも、いつも一様な、香油臭い明朗な調子で語った。彼には軽薄なところがあるのがぼくにはわかった、彼は四〇年のはじめにはすでに改姓の提案を行ない、わずか一年後にグゼヴィング、グゼヴィング司祭と名乗り、また人に呼ばせたりした。しかし、キケや――フォルメラのように――アで終わっているポーランドふうの名前をドイツふうに変えるという流行に、あのころ多くの人が従ったものなのだ。レヴァンドフスキがレングニッシュになった。うちの肉屋のオルチェフスキ氏はオールヴァイン精肉店主に衣替えした。ユルゲン・クプカの両親は東プロイセンふうにクプカトと名乗るつもりだった――しかしこの提案は、なぜだかわからぬが、拒否された。おそらくサウロがパウロになった例にあやかって、グセウスキとかいう人はグゼヴィングになるつもりだったのだろう――しかしこの記録では、グセウスキ司祭を今後もグセウスキと呼ぶ。なぜなら、ヨアヒム・マールケよ、きみはきみの名前を変えさせなかったからだ。

ぼくは長い夏休みの後ではじめて、早朝ミサに祭壇の前で奉仕したとき、もう一度彼に出会った。階段祈禱のすぐ後で――グセウスキは書簡側（祭壇右側）に立って、入祭文《イントロイトゥス》を読んでいた――ぼくは彼がマリア祭壇の前の二列目の席にいるのをすでに発見していた。しかし最初は書簡朗読と昇階誦とのあいだで、その後、当日の聖福音を朗読中はたっぷりと、ぼくは彼の姿を詳しく調べる暇を見いだした。彼の髪は昔と同じく、真ん中で分けられ、いつもの砂糖水で固められていたが、変わっていたのは、マッチ棒ほど長くなっていたことだ。それは二つの傾斜の急な屋根のように、砂糖水のために硬直して、両方の耳の上にかぶさっていた。つまり彼はイエス気取りで登場することだってできたのだ。彼は、肘を張らずにゆったりと、両手をほぼ額の高さに組み、両手のつくる三角屋根の下には、裸で無防備のまますべてをさらけだしている首を、自由に見せていた。すなわち、シラー時代のように、シャツの襟を開いて、上衣の襟にかぶせていたのだ。ネクタイはなかった、房飾りもなかった、なにも下げていなかった、ドライバーとかそのほか豊富な武器庫から拾ってきたものも。その広い野原にいるたった一匹の紋章の動物は、彼が喉頭の代わりに皮膚の下に宿らせているあのおちつきのない鼠であった、昔、猫を誘惑し、猫をその首にけしかけるようにぼくをそのかしたあの鼠であった。おまけに、喉仏から顎へかけては、かさぶたになった髭剃りの傷痕もいくつか残っていた。ぼくは三聖誦《サンクトゥス》のときあやうく鈴を鳴らすのを忘れるところだった。

聖体拝領台についたマールケは、以前よりも気取ったところがなくなっているように見えた。彼は組んだ両手を鎖骨の下までおろし、口からは、まるで彼の内部では小さな焔の上でたえずチリメンタマナの鍋が煮えているみたいな匂いがした。彼は未聖ホスチアを受けるやいなや、さらに、これまで見たこともないような大胆な振舞いに及んで、ぼくの目を惹いた、すなわち、聖体拝領台から二列目の自分の席にもどるとき、これまで聖体拝領者のだれもがそうするようにマールケも寄り道せずに静かに帰って行ったのだが、その道を延長し、さらに途中で止まってしまった、彼はまず、ゆっくりと気取った歩き方で、マリア祭壇の中央を探し、次に両膝をついたのだが、リノリウムの床ではなく、階段のすぐ前のところから敷き始めてある、目の荒い絨毯を選んだのだ。彼は組んだ両手を、目の高さを越え、頭のてっぺんを越えて、もっと高く、すでにあの等身大以上の石膏像に、切々たる思いをこめて伸ばしていた。幼児を抱いていない処女の中の処女であるその像は、銀色の弦月の上に立ち、紺青の星をちりばめたマントを肩からくるぶしまで垂らし、長い指の手を平らな胸の前で組み、少し突きだし気味にはめこまれたガラスの目を、旧体育館の天井に向けていた。マールケが片膝ずつあげて、両手をふたたびシラーふうの襟の前で合わせたとき、絨毯は彼の膝頭に、真っ赤になった荒い模様を印していた。

グゼウスキ司祭も、細かい点まで、マールケの新しいやり方に気がついていた。ぼくは質問することはしなかった。ミサがすむとすぐに司祭のほうから、まるで重荷をおろすか軽くしようとするかのように、すっかりぐったりとなって、マールケの並みはずれた狂信ぶりについて、その危険な現われ方について、ずっと以前から彼の心を占めていたあの心配について話し始めた。マールケのマリア信仰は異教的な偶像崇拝と紙一重であり、どんな心の悩みがあっていつも祭壇の前へ歩を運ぶのであろうか、と彼はいった。

マールケは香部屋の出口の前でぼくを待っていた。びっくりしてぼくはまたドアの中に姿を隠そうとしたが、彼はすでにぼくの腕を捕え、これまでにないやり方で自然に笑い、せきを切ったようにしゃべりまくった。元来無口な彼が天気のことを話した――小春日和だ、空には金の糸が浮かんでいる――それからだしぬけに、だが声をひそめることなく、同じおしゃべりの調子で報告し始めた、「とにかく志願したんだ。自分でも不思議だ。ご存じのとおり、ぼくはほとんど問題にもしていない、軍人の戦争ごっことか兵隊流の大げさなやり口はね。どんな兵種がいいと思う。手がかりはないだろう。空軍とはとっくの昔に縁が切れた。落下傘兵だって！　じゃいおう、潜水艦を望んでるんだ。そうなんだ、とうとうね！　まだチャンスが残ってるのはこの兵種だけだよ。こんなものは、自分でも子供じみてると思うんだが、とにかく役に立つものか、おどけたなもののほうがずっとやりたいんだ。きみは知ってるだろう、ぼくは道化師になりたかった。子供のときにはとてつもないことを思いつくものさ。だけどこの商売は今でもお似合いだと思っている。ほかのことはどうっていうこともない。ああ、学校は学校さ。昔はくだらないことをやったものだ。覚えてるかい？　いつまでもあんなことにこだわるつもりはない。まあ、あれは一種の病気だね、だけどまったくの正気だ。気も狂わないで、もっと大それたことをした人をぼくは知ってるし、何人か見たこともある。あのころ、猫の事件があっただろう、あれで始まったんだ。まだ覚えているだろう、ぼくたちはハインリヒ＝エーラース広場で横になっていた。あれはちょうど、シュラークバルの試合の最中だった。ぼくは眠っていたか、うつらうつらしていた、灰色のやつだったか、黒猫だったたか、ぼくの首を狙っていて、跳びかかってきた、きみたちのだれだったたか、シリングだと思うが、あいつならできるだろう、猫をとっつかまえた……うん、それで泳いだんだ。いや、小舟にはもう行かなかった。シュテルテベーカー？　聞いたよ。やらせればいいんだ、やらせりゃ、小舟は独り占めにしないよ、それとも？　まあ、ぼくたちのところへきて、見てみろよ」

マールケのおかげで、秋のあいだずっとぼくはもっとも勤勉なミサの侍者として奉仕したのだが、待降節第三主日にはじめて、ぼくは彼の招待に応じた。ぼくは待降節に入るまで、一人で勤めなければならなかった、グセウスキ司祭が二人目の侍者を探しても、見つからなかったからだ。そもそもぼくは待降節第一主日にマールケを訪問して、ロウソクを持って行くつもりだったのだが、配給が遅れたのである、そのためマールケは待降節第二主日にやっと、マリア祭壇に奉献のロウソクを立てることができた。彼がぼくに、「いくつか手に入れることができるかい？　グセウスキは一本も分けてくれないんだ」と訊いたとき、ぼくは「まあ見てろよ」といった。そしてぼくは、戦争中にはめずらしかった、じゃがいもの芽のように蒼白い色の長いロウソクを一本手に入れてやったのだ。ぼくの家は、兄が戦死したので、その統制品を請求する権利があったからである。そこでぼくは経済局へ歩いて行き、死亡証明書を見せて配給券をもらい、市電に乗って、オリーヴァの専門店に探しに行ったが、ロウソクの在庫はなかった、もう一度出かけて手に入れ、待降節第二主日にやっときみに渡すことができた、そして、待降節第二主日に、ぼくが想像し、また望んでいたように、きみがそのロウソクを持って、マリア祭壇の前に跪くのを見ることができたというわけである。グセウスキとぼくは待降節の期間中、深紅の服を着ていたのに対し、きみの首は白いシラーふうの襟からにょきっと突きだしていて、むかし事故死した運転士の、裏返して縫い直した外套でも、それを蔽い隠すことはできなかった、ことにきみは——これまた見慣れぬことだったが——襟巻を安全ピンで留めていなかったのだから。

そしてマールケは待降節第二主日にも、またぼくが約束して訪問するつもりだった第三主日にも、目の荒い絨毯の上に、長いあいだ身じろぎもせず跪いていた。目ばたきしようともしなかった彼のガラスのような目は——あるいはぼくが祭壇で仕事をしているあいだに目ばたきしたのだ——奉献されたロウソク越しに、聖母マリアのお腹に注がれていた。彼の両手は、親指を組んで額に触れることなしに、額と額の中のさまざまな思いのすぐ前で、傾斜の急な屋根をつくっていた。

そしてぼくは、今日は行こう、と思った。出かけて行って、彼をじっと見よう。一つはっきりと見てやろう。一つそうしよう。うしろになにか隠されているに違いない。——そうじゃなくても、彼はぼくを招待したのだから。

オスター街は短い通りだった、荒壁の玄関に空っぽの樹牆《じゅしょう》のついた一戸建ての小住宅、歩道に植えられた同じような樹木——菩提樹の支柱は一年のあいだになくなってしまっていたが、相変わらず支えが必要だった——それらは、ぼくたちのヴェスター街と変わるところはなかったけれども、ぼくを落胆させ、疲れさせた、あるいはぼくたちのヴェスター街が同じように匂い、呼吸し、小人国の庭でもって四季をくり返したためかもしれない。今日でも、たまにしかないことだが、ぼくがコルピング館を出て、飛行場と北墓地のあいだの、シュトックムかローハウゼンに知り合いか友人を訪ねるために、組合住宅地の街並みを通って行かねばならぬことがある、家屋番号から家屋番号へ、菩提樹から菩提樹へのくり返しで、似たような疲れを感じ落胆を覚えるのだが、そんなとき、ぼくは相変わらず、マールケの母とマールケの伯母のところ、きみのところ、偉大なマールケのところへ向かっているような気がするのだ。そしてちょっと脚をあげれば、それほど苦労しなくてもまたげそうな庭木戸に、呼び鈴がついている。薔薇の株を頭でっかちに冬囲いした、雪のない前庭を通って行く。なにも植わってない花壇には、無傷のままのや踏みしだかれたバルト海の貝殻がきれいな模様を描いている。しゃがんだ兎ほどの大きさの陶器製のあま蛙が壊れた大理石の板の上にのっている、大理石の縁を掘り返された庭土が取り囲み、ところどころパン屑かかさぶたのように泥がついている。前の道は二歩も歩けば、庭木戸から、黄土色に塗ったアーチ型のドアの前の硬質煉瓦敷きの三段の階段まで届きそうに思えるのだが、その狭い道の向かい側にある花壇には、あま蛙と平行に、大人の身長ほどのほぼ垂直な棒が立っていて、アルプスの山小屋ふうに鳥の巣箱が掛けてある、ぼくが花壇から花壇へ七歩か八歩で歩くあいだ、雀たちは餌をついばみつづけている。組合住宅地というものは、新鮮で清潔で砂っぽくて、四季折りおりの匂いがするものだと思われるかもしれない、——だが、オスター街でも、ヴェスター街でも、ベーレン通りでも、いやラングフールのどこでも、西プロイセンのどこでも、それどころか、ドイツ全体が、あの戦争のあいだは、玉ねぎ、玉ねぎ、マーガリンでシチューにした玉ねぎの匂いがした、確言するつもりはないが、いっしょに煮込んだり、刻んだばかりの玉ねぎの匂いがした、玉ねぎも乏しく、ほとんど手に入らなかったけれども、また人びとは、乏しい玉ねぎに関してラジオでなにか演説したゲーリング元帥と関係させて、乏しい玉ねぎについての駄洒落を飛ばし、その洒落がラングフールに、西プロイセンに、ドイツ全体に広まっていたけれども。それ故にぼくはタイプライターの表面に玉ねぎの汁を擦りこみ、タイプライターとぼくとに、あの玉ねぎの匂いの片鱗だけでも伝えるべきだろう、なにしろあの年月には、全ドイツ、西プロイセン、ラングフール、オスター街、ヴェスター街に玉ねぎの匂いが滲みこみ、優勢な屍臭の侵入を防いでいたのだ。

ぼくは一歩歩いて、三段の硬質煉瓦敷の階段にたどりつき、手を握る格好にして、ドアのハンドルをつかもうとした、そのときドアは内側から開かれた。シラーふうの襟をしたマールケがフェルトのスリッパのままで、ドアを開けたのだ。真ん中から分けた髪をたった今きれいに梳かしたばかりだったのだろう。明るくもなく暗くもない髪が、櫛の目も鮮かに、分け目から斜めうしろへぴったりと撫でつけられ、まだ乱れていなかったが、一時間後にぼくが帰るときには、血色のよい大きな耳の上にもう垂れさがり、彼のおしゃべりにつれて細かく震えていた。

ぼくたちは裏のほうの居間に坐っていた、その部屋には張りだしたガラスのヴェランダを通して日が差しこんでいた。なにか野戦料理のやり方で作った菓子がでた。じゃがいも菓子で、薔薇水の匂いの強い、マルツィパン（アーモンドをすりつぶして作った菓子）を思いださせる菓子だった。次に瓶詰のプラムがでたが、これは普通の味で、マールケの庭で——葉を落としたプラムの木の白く塗った幹が、ヴェランダの左のガラスから見えた——秋のあいだに熟したものだった。ぼくのすすめられた椅子からは、庭が見えた、ヴェランダを背にしたマールケと向かい合って、テーブルの短い端に坐ったのだ。ぼくの左側に坐ったマールケの伯母は、横から光を受けたので、その灰色の髪は銀色に波立った。右側のマールケの母は、右から光が当たったわけだが、伯母よりも髪をひきつめていたので、それほどきらきら光らなかった。マールケの耳の縁と、そこに生えた産毛も、崩れて震えている髪の先端も、冷たい冬の光を受けて、はっきりと輪郭を浮きあがらせていた、もっとも部屋は暑すぎるほど暖められていたのだが。大きく垂れたシラーふうの襟の上の部分は、白よりももっと白く輝き、下にさがるにつれて灰色になっていた、マールケの首は影の中に平たく沈んでいた。

田舎で生まれ育った骨太の二人の女は、手の置きどころに困っていたが、よくしゃべった、二人いっしょにしゃべることはなかったが、ぼくに話しかけ、ぼくの母のようすを訊ねるときでさえも、いつもヨアヒム・マールケのほうを向いてしゃべった。二人は、通訳の役をする彼をとおして、ぼくにお悔やみをいった、「あんたの兄さんのクラウスも亡くなったのですってね。ちらっと会っただけだけど——それにしても、ハイカラな人だった」

マールケはおだやかだがきっぱりと指図した。あまりに個人的な質問は——ぼくの母は、父がギリシアから軍事郵便をよこしているあいだに、たいていは召集兵たちといい仲になっていた——つまりこうした傾向の質問は、マールケは隠蔽した、「心配しなさんな、伯母さん。なにもかもどっちみちばらばらになってしまったこんな時代には、裁判官の役なんぞ引き受ける人がいるもんですか。それに、ママにはなんの関係もないことです、ねえ、ママ。パパが生きてたら、嫌な顔をして、ママにこんな話なんかさせませんよ」

二人の女は彼のいうこと、あるいはあの死んだ機関車の運転士のいうことをきいた、彼は、伯母や母がおしゃべりしすぎると、運転士をさりげなく天国から呼びだし、静かにするように、命令させたのだ。前線の状態についての会話も——二人はロシアの戦場を北アフリカのそれと取り違え、アゾフ海（黒海の北にある）のつもりをエルアラメーン（カイロの西方にある）といった——マールケはけっして不機嫌にではなく静かに注意して、地理的に正しい軌道へ乗せることができた、「違うよ、伯母さん、この海戦はガダルカナルであったんだ、カレリア（ソ連とフィンランドの国境地帯。一九四〇年にソ連領となる）じゃないよ」

しかしながら伯母の言葉が導火線になって、ぼくたちは、ガダルカナルに関係のある、ひよっとすると沈没したかもしれぬ、日本とアメリカのすべての航空母艦の話に没頭して、あれこれと推量した。三九年に進水したばかりの航空母艦《ホーネット》と《ワスプ》は、航空母艦《レンジャー》と同様に、やがて就役して、その海戦に参加していた、なぜなら《サラトガ》か《レキシントン》、あるいは二隻とも、艦船名簿から抹消されていたのだから、というのがマールケの意見だった。もっとはっきりしないのは、二隻の日本最大の航空母艦、《赤城》と、決定的に怠慢だった《加賀》のことだった。マールケは大胆な見解を支持して、将来は航空母艦しかなくなるだろう、戦艦の建造はほとんど得るところがない、未来は、そもそも、いつかまた戦争があればの話だが、軽快で速力の早い艦と航空母艦のものだ、といった。それからマールケはくわしいデータをあげた、二人の女は目を丸くした、マールケの伯母は、彼がイタリアの探検家たち《エスプロラトーリ》（イタリア海軍の偵察艦）の名前をがらがら声でいうや、骨ばった手で、よく響く大きな拍手をした、彼女の熱狂ぶりはいささか少女じみていた。そして拍手が終わって部屋が静かになると、彼女はきまり悪げに髪を撫でた。

ホルスト＝ヴェッセル高校の話はでなかった。かろうじて覚えているのは、マールケが立ちあがりかけて笑いながら、彼のいうところでは、はるか昔のことになった彼の首の物語に触れたことだ、そしてまた——母も伯母もいっしょになって笑ったのだが——あの猫のお伽話を一席やった、今度は、彼の咽喉に猫をけしかけたのはユルゲン・クプカだった。あの話を考えだしたのがだれなのか、わかりさえしたら。彼だろうか、ぼくだろうか、それともこれを書いている人だろうか？

とにかく――そしてこれは確かな話だ――彼の母は、ぼくが二人のご婦人にさよならをいおうとしたとき、じゃがいも菓子を二つ紙に包んでくれた。廊下の、二階と彼の屋根裏部屋に通じる階段のところで、マールケは、ブラシ入れの袋の隣にかけられた写真をぼくに説明してくれた、旧ポーランド鉄道の、炭水車のついたかなりモダンに見える機関車が――ＰＫＰ（国有鉄道《ポーランド》）というしるしが二個所にはっきりと読み取れた――大判の写真を埋めていた。機関車の前に、腕を組んだ二人の男が、小さいが堂々と立っていた。偉大なマールケはいった、「ぼくの父と罐焚きのラブダだ、三四年にディルシャウの近くで事故死する直前の写真だ。ぼくの父は最悪の事態を防いだんだ、それで後から勲章をもらった」

X

新しい年の始めに、ぼくはヴァイオリンを稽古しようと思った――ぼくの兄はヴァイオリンを遺してくれた――しかしぼくたちは空軍補助員にされてしまった、そんなわけで、今日ではたぶん遅すぎるだろう、アルバン神父は飽きもせず、ヴァイオリンの稽古をすすめるのだが。同様に、猫と鼠の話を書くようにぼくを励ますのも彼であった、「さあ、坐りたまえ、ピレンツ君、一つあれを書きなさいよ。あなたの最初に書いた試作と小さい物語はとてもカフカ的だったが、独自の文体をものにしなくちゃ。つまりヴァイオリンを手にしないなら、自由に思っているところを書くのです――神様はよくお考えのうえで、あなたに才能を与えられたのです」

それでは書こう。ぼくたちはブレーゼン＝グレトカウ海岸砲兵隊に入隊した、それは教育砲兵中隊でもあり、砂丘と風になびく浜麦と砂利道の向こうにあって、タールと靴下と亜麻藻入りのマットレスの匂いがした。空軍補助員、軍服を着た高校生の日常生活についてなら、いくらでも語ることができる、午前中は白髪の先生から普通どおりの授業を受け、午後は砲兵の操典と弾道学の秘密を暗記せねばならなかった。だが、ぼくの話、ホッテン・ゾンタークの無邪気に張り切った話、シリングのまったくつまらぬ話など、ここでするつもりはない——むしろここではきみのことだけを話さねばならない。ヨアヒム・マールケは空軍補助員にならなかった。

同じようにブレーゼン＝グレトカウ海岸砲兵隊で教育を受けていたホルスト＝ヴェッセル高校の生徒は、猫と鼠で始まる長い話をぼくたちと交わさなかったが、ふとしたはずみに、新しい素材を提供してくれた、「やつはクリスマスが終わるとまもなく、帝国労働奉仕団（当時十九歳で労働奉仕に服する義務があり、その後軍隊に入った）に召集された。戦時特別卒業試験を後からやってもらった。うん、試験なんかやつにとっては問題じゃなかった。ぼくたちよりかなり年上だったからな。彼の部隊はトゥーヘル荒野にあるって話だ。泥炭を掘らされてるのかな？　あの辺じゃいろんなことが起こっているそうだ。パルチザンとかいろいろ」

二月にぼくは、オリーヴァ空軍病院にエッシュを訪ねた。鎖骨を折って身動きできない彼は、煙草を欲しがっていた。何本かやると、彼はぼくにべたべたするリキュールをすすめた。

ぼくは長くそこにいなかった。グレトカウ行きの市電の停留所へ行く途中で、ぼくはまわり道をして城の庭園を通った。懐かしい囁きの岩屋がまだあるかどうか見たかったのだ。それはまだあった、そして病気の癒りかけた山岳兵たちが看護婦とそれを試していた。彼らは多孔性の岩に向かって両側から囁いた、くすくす笑い、囁き、またくすくす笑った。ぼくは囁く相手がいなかった、それでぼくはなにか考えながら、上のほうは枯れ枝が重なり合っているためトンネルのようになっている、鳥のいない、とげの多そうな小道を通り抜けて行った、その道は城の池と囁きの岩屋からまっすぐツォポト街道のほうへ通じていて、気味の悪いほど細い道だった。ぼくはそこで、びっこをひき、笑い、またびっこをひく一人の少尉を連れた二人の看護婦、二人のおばあさん、そのおばあさんにくっつこうとしない三歳ぐらいの少年に出会った、その子は子供の太鼓を携えていたが、鳴らしはしなかった、その後で、二月の灰色の茨のトンネルから、ふたたびなにかが近づいてきた、姿が大きくなった、ぼくはマールケに出会ったのである。

この出会いはぼくたち二人を当惑させた。しかも、空に向かって枝がもつれていて、脇道にそれることもできない公園の並み木道で、突然出会ったために、厳かな気持ちがし、ついには胸が締めつけられる思いだった。運命か、あるいはフランスの造園師のロココふうの空想が、ぼくたちをいっしょにしたのだ——今でもぼくは、懐かしいルノートル（ヴェルサイユほか多くの庭園を設計一六一三～一七〇〇。）の精神を受けて、脇道へそれることのできない回遊式の城の庭園というやつは、避けることにしている。

たしかに、ぼくたちはすぐ話を始めた、しかしぼくの目は彼の帽子に釘づけにされてしまった。その労働奉仕団の帽子は、マールケでなくほかの人が被ったとしても、不格好なことにかけては、並みはずれたものだった。それはひさしの上に不釣り合いに高く盛りあがっていて、乾いた糞の色に染めあげられ、上にソフト帽にならって真ん中が折れていたが、山が互いに近づき合い、せばまって、深い谷をつくっていた、そのため、帝国労働奉仕団の帽子には《把っ手つきの尻》という綽名がついていた。マールケの頭はこの帽子を冠ると、ことに目もあてられなかった。真ん中から髪を分けることは、労働奉仕の際には禁止されたのだが、それでも分け目ははっきりとついていた。ぼくたちは、茨のあいだや下に、顔を赤らめて向かいあって立っていた——するとまたあの子供が、おばあさんたちから離れ、今度は大きな音で子供のブリキの太鼓を叩きながらもどってきて、魔法使いみたいにぼくたちのまわりに半円を描いたが、やがて、うるさい太鼓の音とともに、先へ行くほど細くなっている並み木道を去って行った。

ぼくたちはあわただしく別れたのだが、その前に、マールケは、トゥーヘル荒野地方のパルチザンの戦について、労働奉仕の食糧事情について、またその近くに女子労働奉仕団が駐屯しているかどうかについてぼくの質問に、ほんの少しばかりつっけんどんに答えてくれた。またぼくは、彼がオリーヴァでなにをしているのか、もうグセウスキ司祭を訪問したかどうかも、知りたかった。労働奉仕の食糧の給与はまあまあであること、労働奉仕の女は影も形も見えないことがわかった。パルチザン活動の噂は大げさすぎるが、根も葉もない話ではない、というのが彼の考えだった。彼は隊長の命令で、ある部品を補充するために、オリーヴァへ派遣されたのであった、二日間の公用旅行だった。「グセウスキとは、今日、早朝ミサのすぐ後で、少し話をした」それから不機嫌に手を動かして、「あの人は、なにが起ころうが、いっこうに変わらないね！」そしてぼくたちが歩きだしたので、二人のあいだの間隔は広がった。

ぼくは振り向いて彼を見なかった。信じられないって？　しかし「マールケは振り向いてぼくを見なかった」というような文章なら、だれも疑うまい。何度かぼくはうしろを見ずにいられなかった、だれ一人、あのうるさい玩具を持った子供さえ、ぼくのほうに歩いてきて、振り向くのを妨げはしなかったのだから。

後から考えてみると、ぼくはきみにその後一年以上も会わなかった。だが会わなかったということは、きみときみが努力して保っていた左右対称の頭とを忘れることができたということではなかったし、現に今もそうである。そのうえ、いくつかの手がかりも残っていた、すなわち、灰色でも、黒でも、斑のやつでも、猫を見ると、ただちにぼくの視野を鼠がよぎった。だがそれ以上努力することはためらわれた、そのため、鼠を保護し、猫を突っついて捕まえるべきかどうか、ぼくにはいぜんとして決心がつかなかった。

夏までぼくたちは海岸砲兵隊で暮らし、いつ終わるともしれぬハンドボールの試合をやり、日曜の面会日には、いつも同じ少女か、少女たちの妹と、砂丘のあざみの中で、どうやら巧みに転げまわった。ただぼく一人は獲物にありつけなかった、そしてこうしたぼくの弱点である、躊躇し皮肉な目で眺めているという態度は今日まで変わらない。そのほかなにがあったか？　ペパーミント・ドロップの配給、性病についての教育、午前中のヘルマンとドロテア、午後の98K小銃、郵便、四つの果実からつくったマーマレード、のど自慢――それに、勤務外の時間にはぼくたちの小舟まで泳いだ、そこで定期的に、ぼくたちの後継ぎである四年生たちの群れに出会い、ぼくたちは腹を立てた、そして泳いで帰りながら、三年の夏にわたって、ぼくたちを、かもめの糞に蔽われた難破船に縛りつけておいたものがなんであるか、理解することができなかった。後にぼくたちはペロンケン8·8砲兵中隊に、さらにツィガンケンベルク砲兵中隊に配置換えされた。三回か四回、警報が鳴り、ぼくたちの砲兵中隊は四発爆撃機の墜落に一役買った。何週間にもわたり、中隊事務室から、不慮の誤射事件のことで文句をいわれた――その合間合間には、ついでにドロップとヘルマンとドロテアと敬礼があった。

ぼくに先立って、ホッテン・ゾンタークとエッシュが労働奉仕のほうへ移った、彼らは戦時志願兵だったからだ。相変わらずぐずぐずして、兵科を決めかねていたぼくは、申告の期限に遅れ、四四年二月にはクラスの大半とともに、教育兵舎の中で、ほとんど平時と変わらぬ本式の卒業試験を受け、さっそく、労働奉仕へ召集され、空軍補助員を免除された、そしてまだ二週間ほど間があったから、卒業試験以外になにか区切りをつけようと思い、もう十六かそれ以上になっていて、ほとんどだれでも相手にしていたトゥラ・ポクリーフケの上か、それがだめならだれの上でもいいから着陸してみようとしたが、成功しなかった、またホッテン・ゾンタークの妹ともうまく行かなかった。こんな状態の中で――爆撃ですっかりやられたため、家族といっしょにシュレージェンに疎開したぼくの従姉妹の一人からきた手紙は、ぼくを慰めてくれた——ぼくはお別れにグセウスキ司祭を訪問し、前線に出ても休暇があるだろうから、そのときにはミサの侍者として飛んで帰ってくると約束し、ショット版のミサ典書のほかに、カトリックの召集兵のために特別につくらせた、小さな金属製の十字架をもらった、——そして帰る途中、ベーレン通りとオスター街の角で、マールケの伯母に出会ってしまった、彼女は街に出るときは部厚い眼鏡をかけていたので、逃げるわけにはいかなかったのである。

彼女はまだ挨拶も終わらぬうちから、田舎の人らしくとめどがなかったが、早口にしゃべり始めた。通行人が近づくと、彼女はぼくの肩を抱き、片方の耳をその口元に引きよせた。濡れた唾のまじる熱い話だった。最初はどうでもいい話。次に買い出しの話だった、「配給券だせば当然買えるはずのものまで、手に入らないんですよ」彼女の話から、またもや玉ねぎの貯えがなくなったこと、しかしマツェラート商店に行けば赤砂糖とひき割り麦が手に入ること、オールヴァイン肉屋には近いうちに脂肉の罐詰が入りそうなことがわかった——「せーんぶ豚ですって」最後に、ぼくのほうから誘ったわけではないが、肝腎の話になった、「あの子は、前よりもうまくいってるようよ、手紙にはうまくいってると書けないらしいけど。あの子はけっして愚痴をこぼさなかった、父親と同じじね、つまりあたしの義弟よ。だけど戦車隊に変わった。あすこのほうが歩兵より安全だしね、雨のときなんかもいいしね」

それから彼女の囁きがぼくの耳にしのびこんできた、そして、マールケの新しい奇妙な振舞いと、まるで小学生がどんな軍事郵便の署名の下にも書いたような、いたずら書きのことを知った。

「小さいときだってこんな画は描かなかった、学校で水彩画を描き損ったときは別だがね。ほらここにいちばん新しい手紙がポケットにあるわ、もう皺くちゃになってるけど。ピレンツさん、ご存じのとおり、あの子がどんなぐあいだか、たくさんの人が知りたがっているのよ」

そしてマールケの伯母はぼくにマールケの軍事郵便を見せてくれた。「ほら、読んでごらん」――だがぼくは読まなかった。手紙は手袋をはめない指のあいだにあった。乾いた風がマックス＝ハルベ広場から鋭く渦を巻いて吹いてきて、なにものも風を遮ることはできなかった。風は長靴の踵でぼくの心臓を打ち、ドアを蹴破ろうとした。ぼくの中で七人の兄弟がしゃべっていたが、一人としていっしょに書くものはなかった。雪まじりの風だったが、手紙は灰褐色の紙質の悪いものであったにもかかわらず、いっそうはっきりと見えた。今日ぼくはいうことができる、ただちに理解したのだと、だが目をそらそうともせず、理解しようともせずに、ただ見つめていた。すなわちぼくは、手紙がぼくの目の前でばりばり音を立てる前に、すでに、マールケがまた始めたなということを理解していたのだ、きれいなジュッターリン文字の下のわけのわからぬ線描きだった。苦労してまっすぐに引いた線の中に、だが紙に罫《けい》がないため少し曲がっていたが、八つ、十二、十三、十四個の不揃いに押しつぶされた円が書いてあり、腎臓の形をしたどの円の上にもいぼ状の支点がついていて、どのいぼからも、そのゆがんだたらいよりも長い親指の爪の長さほどの横棒が紙の左端に向かって突き出ていた、そして、これらすべての戦車は――この画は実に不器用であったが、それでもぼくにはロシアの戦車Ｔ34であることがわかった――一個所に、たいていは砲塔とたらいのあいだだったが、いぼを抹消する小さなしるし、あの命中弾を証明する十字形を持っていた。そのうえ――記録した人は、彼の画を見てもよく理解できぬ人のことを考えに入れていたために――細い線で描かれた戦車よりも大きな青鉛筆の十字形が、全部で十四の――数に間違いはなかった――鉛筆でスケッチしたＴ34を、強く抹殺していた。

まんざらでもない気持ちで、ぼくはマールケの伯母に説明した、これはあきらかにマールケがやっつけた戦車のことなのだと。しかし、マールケの伯母は驚いたそぶりも見せなかった、すでにたくさんの人がそのことをいってくれた、だが、なぜ多かったり少なかったりするのか、あるときは八つしかなく、この前の手紙では二十八個あったのはなぜなのか、理解できない、と彼女はいった。「おそらく郵便が定期的に配達されないためなのよ――だけど、ピレンツさん、あたしたちのヨアヒムの書いたものを読んでくださらなくちゃ。あんたのことも書いてますよ、ロウソクのことで――だけど、うちでも何本か手に入ったわ」ぼくはただ目の片隅でざっとその手紙に目を通したにすぎなかった、マールケは心配していた、彼の母と伯母の大小さまざまの病気のことを案じていた――手紙は二人に宛てたものだった――静脈瘤と背中の痛みのことを訊ね、庭がどんな状態か知りたがっていた、「プラムの木にはまたいっぱい実がなりましたか？　ぼくのサボテンはどんなですか？」彼の勤務についての短い文章では、苦労しているが、責任重大だと書いていた、「もちろんぼくたちも損害を蒙りました。だが処女マリアがこれからもぼくをお守りくださるでしょう」それに関連して、お母さん伯母さんお願いだから、マリア祭壇にあげるロウソクを一本か――できたら――二本グセウスキ司祭に寄進してほしい、と頼んでいた、「たぶんピレンツが何本か手に入れてくれます。配給券でもらえるのです」さらに彼は、聖ユダ・タデオに――処女マリアの二親等の甥であるが、マールケは聖家族を知っていた――祈りを捧げ、事故死した父親のためにミサを立ててくれるように頼んでいた――「お父さんは秘蹟を授からずに、ぼくたちと別れたのです」 手紙の最後には、ふたたびどうでもいいようなこと、ちょっぴり色褪せた風景描写があった、「ここではすべてがどんなにひどい状態であるか、人びとたとえさんの子供たちがどんなにみじめであるか、想像することもできないでしょう。電気もなければ、流れる水もないのです。時どき、どうしてそうなのか、不思議になります――だけど、それが必然なのでしょう。もしその気がおありでしたら、天気がよい日に、電車でブレーゼンへ行ってみてくださいー―だけど暖かくして行ってくださいよ――そして港口の左の、それほど外側じゃない所に、沈没船の上部が見えるかどうか、確かめてください。以前はそこに難破船があったのです。それが肉眼で見えます、伯母さんは眼鏡がありますね――ぼくには気がかりなのです、それがまだあるかどうか……」

ぼくはマールケの伯母にいった、「なにも出かけて行くには及びません。その船は相変わらず同じ場所にあります。また手紙を書くことがおありでしたら、ヨアヒムによろしく。安心するようにいってください。こちらはなんの変わりもありません、小舟はだれもそう簡単に盗めやしません」

たとえシッヒャウ造船所がそれを盗んだとしても、すなわち、引き揚げて、解体するか、新しく艤装《ぎそう》するかしても、それはきみの役に立つことだったろうか？　きみは軍事郵便に、まったく子供みたいにロシアの戦車の下手な画を描き、それを青鉛筆で抹殺することを、やめたろうか？　そしてだれが処女マリアをばらしたのだろうか？　だれが懐かしの高校を魔法にかけて、鳥の餌に変えることができたのだろう？　そして猫と鼠は？　途中でやめることのできる話なんてあるだろうか？

XI

マールケが描いた下手くそな証拠を思い浮かべながら、ぼくはそれから三、四日家に籠もっていなければならなかった。ぼくの母はトート協会（アウトバーンを造ったナチスの技師トートの設立した土木建築の団体）の土木監督と関係をつづけていた――あるいはシュティーヴェ中尉にも、気に入られるように、塩抜きの食事をつくってやっていたのだろうか？――この男もあの男もぼくたちの家でわがもの顔に振舞い、父親のものと決められていたスリッパーを、それが父親の象徴であることを理解しもせずに、はいていた。しかし彼女は、絵入り雑誌から抜けだしたみたいな幸福で快適な雰囲気の中で、部屋から部屋へと忙しそうに喪を運んだ、つまり、よく似合う黒の喪服を、街に出るときばかりでなく、台所と居間を往復するときにも着ていたのである。彼女は食器戸棚の上に、戦死した兄のために祭壇まがいのものをつくっていて、最初に、軍帽を被らない下士官姿の、引き伸ばしたためぼやけてしまった、旅券用写真を飾り、二番目に、『前哨』と『新報知』に載った二つの死亡通知を、ガラスをはめた黒枠の額に飾り、三番目に、軍事郵便の束を黒い絹のリボンでゆわえ、四番目に、鉄十字二級勲章とクリミア・メダルを上に載せて、左に置いた額のそばへ寄せ、五番目に、右のほうには、兄のヴァイオリンと弓を、手書きの楽譜の上に載せて——兄はたびたびヴァイオリン・ソナタの作曲を試みた——手紙と釣り合いを保たせねばならなかった。

ぼくは、ほとんど知らない兄のクラウスがいないことに気づいてこの頃ふと淋しくなることがあるが、あの頃はむしろ祭壇に対して嫉妬を覚えていた、あんなふうに黒枠におさまったぼくの引き伸ばした写真を思い浮かべ、自分は損だなと思い、兄を祭った祭壇なんか無視して、たった一人で、うちの快適な居間にいるときなど、しばしば指の爪を噛んでいることがあった。

ある午前中のこと、長椅子の中尉は自分の胃袋を見張り、母は台所で塩抜きの燕麦の重湯を煮ているあいだに、ぼくは見境のなくなった拳で、写真と死亡通知と、おそらくはヴァイオリンをも、きっと叩き壊したことだろう——だが、その前に、労働奉仕に召集される日がやってきて、今日までに、そしてこの先数年間に演じられるかもしれないような光景をぼくから奪い去ってしまった、すなわち、クバニ河畔の死と、食器戸棚の母と、たいへんに愚図なぼくとで、芝居の準備はできていたのだが。人造皮革のトランクを提げてぼくは出発した、ベーレントを過ぎてコーニッツへ汽車で行き、三カ月間オシェとレーツのあいだのトゥーヘル荒野を知る機会に恵まれた。どこも風と砂ばかりだった。昆虫好きにはこたえられない春だった。杜松《ねず》の実が転がった。総じて、茂みと、目標呼称の毎日だった、左から四番目の枝を張った松、そのうしろには射撃目標の紙人形二つ、というぐあいに。しかし、白樺の上に広がる美しい雲と、行方を知らぬ蝶々たち。湿地には暗く輝く円い池、そこでは鮒と苔むした鯉を手榴弾でとることができた。大自然の中での野糞。映画館はトゥーヘルにあった。

　しかし、白樺と雲と鮒のことを述べたにもかかわらず、ぼくが、この労働奉仕隊の防護林に囲まれた方形に並んだ兵舎、旗竿、ごみ捨て場、教育兵舎の脇にある便所を、まるで砂の上に書くように、あえてスケッチするのは、ただ、ぼくより一年前に、ヴィンター、ユルゲン・クプカ、バンゼマーより先に、この同じ兵舎で偉大なるマールケが、教練服と長靴を身につけ、文字どおりその名を後に遺しておいたからなのである。えにしだのあいだに建てられ、上部が開いているので曲がった松のさざめきが聞こえる板張りの便所に、苗字だけが四文字見いだされた、それは裸の梁と向かい合って松の板に彫られていた、というより刻みこまれていた——そして下には完璧なラテン語で、だが丸みはつけず、ルーネ文字ふうに、彼の好きな読誦の最初の部分が刻まれていた、スタバト・マーテル・ドロローサ……フランシスコ派の僧ヤコポーネ・ダ・トーディィ（一二三〇～一三〇六。『スタバト・マーテル』の作者とされる）なら小躍りして喜んだことだろう。だがぼくは労働奉仕の際にも、マールケのことが心から離れなかった。つまり、ぼくが自分の目方を軽くし、またぼくのうしろや下に、ぼくの同級生の蛆の混じった排泄物が積み重なっても、きみはぼくの目の前に安らぎを与えなかった。大声で、息もつかずにくり返しながら、苦労して刻みつけた読誦の文句が、マールケと処女マリアを指し示していたのだ、たとえその文句に対抗してなにか口笛で吹くことをぼくが思いついたとしても。

しかし、マールケがからかうつもりのなかったことは、確かだと思う。マールケにはからかうことなどできなかった。時どきやってみたことはあった。しかし、彼がやったり、やりかけたり、話したりしたことはすべて、真面目な、意味深い、記念すべきことになった。トゥーヘル＝ノルトといわれるオシェとレーツのあいだの、帝国労働奉仕隊の便所の松の板に彫った楔形文字も、そうなのであった。消化の後の金言、猥歌の一節、粗雑な、あるいはやさしく書き直した生理学――そのほかの、多かれ少なかれ気のきいた文句の猥褻なもののすべてを、マールケの詩句は圧倒していた、彫られたり、下手くそな字で書かれたりした猥褻な文句が、上部の開いた便所の木の囲いを上から下まで埋め、板壁にしゃべらせていたが。

あやうく――そしてマールケがもっとも秘密であるべき場所に、あれほど正確に引用していたためなのだが、ぼくはあのころしだいしだいに信心深くなるところだった、そうなっていれば、ぼくは今、不機嫌な良心を抱かずに、ある程度の給料をくれるコルピング館の社会事業に従事することができたろうし、キリストの故郷ナザレトに初期の共産制を、ウクライナのコルホーズに後期のキリスト教精神を発見しようなどと思わなくてもよかったろうし、連夜にわたるアルバン神父との会話や、どの程度までの冒瀆を祈りは補いうるかという試みから、最終的に解放されたろうし、信じることが、なにかを信じることが、たとえなんであろうが信じることが、あるいは肉体の復活でさえも信じることができたろう。しかしぼくはマールケの好きな読誦を、隊の炊事場で薪をつくらされた後、斧を持ちだして、板から切り取り、きみの名前も抹殺してしまった。

これは売ることのできない汚点についての古いお話である、いささかぞっとするほど教訓的で、経験の域を越えた話だ。すなわち、そのなにも書いてない、新しい木目をあらわにした個所は、以前刻みこまれた文字が語ったよりも、いっそうはっきりと語ったのである。また、きみの証言は、その木屑とともに幾倍にも広まったに違いない、つまり、兵舎内の、炊事場と衛兵室と被服庫のあいだに、とくに退屈のあまり蠅の数を数え始める日曜日などには、尾鰭のついた話が広がったのである。細かな点で違うところはあっても、マールケという名の一労働奉仕隊員についてのいつも変わらぬ長話であった、その男は一年前にトゥーヘル＝ノルト奉仕隊に勤務し、さんざん馬鹿な真似をしでかしたに違いなかった。二人のトラック運転手、炊事長、内務班長が転属のときいつもひっかからずに、あのころからまだ残っていたのだが、彼らの話をまとめるとおおよそ次のようになる、大筋では互いに食い違ったところはない、「あいつはきたときからそんなふうだった。髪はここまであった。それでまず床屋を呼ばなければならなかった。それでもだめだった、卵の泡立てでもできそうな耳と咽喉がだめなんだ、咽喉なんだぜ！　それに彼は——ここであるとき——例えばこんなときだ——とにかく、まったくあきれるようなものがあいつにはついていた、内務班長のわしが、新入りの一隊を全部、虱駆除のためトゥーヘルにやったときのことだ。さて、全員シャワーの下に並んだ、思うに、わしはよく見てなかった、もう一度見て、自分に言い聞かせた、やっかむなとね。あいつの一物は、舟の櫓《ろ》だ、これは内緒の話だが、あれが昂奮したら、たっぷり櫓の長さはある、いやそれ以上だろう、とにかく、それでもって、あいつは隊長のかみさんをやったんだ、どこから見てもがっちりした四十女だ、隊長の馬鹿は——後でフランスに転属になったが、あれは変わってたね——兎小屋をつくらせるんで、あいつを家へやった、あの労働奉仕将校官舎の左から二番目の家だ。マールケは、それがあいつの名前だ、最初は断わった、かっと怒ったりはしないで、おちついて冷静に、服務規則を引用してね。それなのに隊長みずからに締めあげられて、びくびくしてた、そのあげく二日間の便所行きだ、つまりおわい屋さ。わしは彼を、庭のホースでいつも遠くからきれいにしてやった、ほかのやつらは彼を洗面所へ入れてくれなかったからな、でも最後には入れてもらえて、板や道具を持ってのこのこ歩いて行った。とにかく兎のせいだ。あのばばあはほんとうにいい心持ちにさせてもらったに違いない。一週間以上も毎日、庭仕事だといっては彼をお名指しだ、マールケは毎朝震えながら出かけて行って、点呼になると帰ってきた。兎小屋がいっこうにできあがらないので、やっと隊長は思いあたったに違いない。あのばばあがまたもやひっくり返っているところか、台所の机の上にいるところか、ひょっとしたらうちの父ちゃんと母ちゃんのように蒲団の中にいる現場を、隊員に見つかったのかどうか、知らない。とにかく隊長はマールケのあれを見たとき、声が出なかったろうな、とにかく隊にきてはなんにもいわなかった、大変だったろうよ——それで彼はマールケをすぐさま公用旅行で部品を補充にオリーヴァとオクスヘーストへ行かせた、野郎をきんたまもろとも隊から追いだそうって肚《はら》だ。

つまり、隊長のかみさんはくすくす笑いこけたってことだ、例のやつのおかげでね。今でも事務室からの噂じゃ、手紙のやりとりがあるらしい。あれだけの関係じゃなくて、裏にもっとなにかがあったんだ。なんだかわからないがね。とにかく、その同じマールケが――わしがその場に居合わせたんだが――グロース＝ビスラウ近くで、地下のパルチザン弾薬庫を一人で見つけたんだ。これまた奇妙な話なんだ。この辺どこにもあるようななんの変哲もない沼だ。おれたちは半分は野外作業、半分は出動であのあたりに行ったのだが、もう半時間も沼のそばで休んでいたときに、マールケはじっとにらみつづけていた、そしてちょっと待ってくれ、なんだかわからぬがあそこがあやしいといった。そこで班長が、なんていう名前だか忘れたが、にやっと笑って、おれたちもそう思うといったが、とにかく彼にやらせるっていうわけだ、マールケはたちまちぼろ服を脱ぐと、沼に飛びこんだ。どこまで話したっけ、そうだ、四回目に潜ったとき、褐色のソースの中の、水面から五十センチもいかないところに、水圧式起動装置を備えた最新式の地下弾薬庫の入口を見つけたんだ、運びだしてみると、トラックに四台分あった、隊長は全員を集合させて、彼を賞讃した。おまけに、あのかみさんとの一件があったけれども、小さな勲章をもらう手配までしてやった。勲章は後で、兵隊になってから届いた。彼は、できたら、戦車隊に入りたがっていたな」

最初ぼくはでしゃばらなかった。話がマールケのことになったとき、ヴィンターもユルゲン・クプカもバンゼマーもいぜん口を開かなかった。時どき、飯上げのときや、野外作業で将校官舎を通らねばならぬとき、左から二番目の家に相変わらず兎小屋が建っていないのを見て、ぼくたち四人はちらっと目を見交わすことがあった。あるいは一匹の猫が、かすかに風に揺れる緑の草地でじっとうかがっていることがあった。それを見ただけで、ぼくたちは意味ありげな目つきをして、お互いに諒解し合い、ぼくにとって、ヴィンターとクプカ、とくにバンゼマーは、比較的どうでもいい存在であったのだが、一つ秘密で結ばれたグループをつくった。

ぼくたちが除隊するわずか四週間前のことだが――ぼくたちは常時パルチザン警戒態勢を布いていたが、一人も捕まらなかったかわり、損害も蒙らなかった――そんなわけで、ぼくたちは制服を脱ぐこともできなかったある時期に、噂が流れ始めた。マールケに制服を支給し、虱駆除のために引率していったあの内務班長が、事務室から噂を持ってきたのである、「第一に、前の隊長夫人宛にマールケの手紙が一通舞いこんできた、手紙はフランスの彼女のところへ転送される。第二に、上層部からの問い合わせがきている。目下調査中だ。第三に、これが肝腎なのだが、その中で最初からマールケが問題になっている。だけど、こんなに早くねえ！　うん、昔なら、頂戴できたのは、まだ首の痛みぐらいだったろう、将校でなければ。それが今じゃ、兵隊でもみんなもらえる。でひょっとしたら、一番若いのじゃないかな。あの耳をしたあいつのことを思いだすと……」

そこでぼくの口から二言三言ころがり始めた。ヴィンターが後につづいた。ユルゲン・クプカもバンゼマーも自分たちの知っていることを披露せずにはいられなかった。

「ああ、マールケですか、ご存じでしょうが、ぼくたちずっと前から彼を知っているんです」

「高校でぼくたちといっしょでした」

「あいつは、わずか十四のときからずっと、でっかい首の痛みを持っていたのです」

「それじゃ、海軍大尉の持ってたあれのことかい？　彼が体育の時間に、海軍大尉からリボンのついた勲章を盗んだときのことかい？　それじゃ、話は……」

「いや、蓄音機のことから話を始めなくちゃ」

「それと罐詰だ、これは関係なかったかな？　もともと彼はいつもドライバーを持っていた……」

「待ってくれ、最初から始めるつもりなら、ハインリヒ＝エーラース広場のシュラークバルの試合のことから始めなくちゃいけない。つまりこうだったな、ぼくたちはごろっと横になり、マールケは眠っていた。そのとき一匹の猫が、芝生を横切って、マールケの首にまっすぐ近づいてきた。そして猫は彼の首を見て、あそこで動いたり跳ねたりしているのは鼠だなと、思ったんだ……」

「そうじゃない、ピレンツが猫を捕まえて、それを彼に――それとも？」

二日後、ぼくたちは公式に確認した。朝の点呼のとき、隊員に報告されたのだ、トゥーヘル＝ノルト労働奉仕隊の旧隊員が、最初はただの照準手として、次に下士官となり戦車隊長として、休むまもなく出撃し、戦略的に重要な地点において多数のロシア軍戦車を撃破した、それだけでなく云々と。

ぼくたちはすでにぼろ服の引き渡しを始めていた、交替は予定どおり行なわれるとのことだった、そんなときぼくの母から『前哨』の新聞切り抜きが送られてきた。それには次のような文字が印刷してあった、われわれの町の一人の息子が、最初はただの照準手として、次に戦車隊長として、休むまもなく出撃し云々。

XII

ごろごろした泥灰岩、砂、きらきら光る沼地、枝を張った灌木、傾いた松の群れ、沼、手榴弾、鮒、白樺の上の雲、えにしだのうしろのパルチザン、杜松また杜松、懐かしいレーンス（一八六六～一九一四　郷土文学の作家）――彼はこの地の出だ――そしてトゥーヘルの映画館、これらをぼくは後に残してきた。革まがいのボール紙のトランクと時期はずれのヒースの花束だけを持ってきた。ぼくはその花をカルタウスを過ぎたところで線路のあいだに投げてしまったのだが、すでに汽車の中で、田舎の駅に停るたびに、中央停車場で、切符売り場の前で、帰休兵の雑沓の中で、管理室の入口で、そしてラングフール行きの市電の中で、ぼくは愚かな話だが憑かれたようにヨアヒム・マールケを探し始めていた。小さくなった、背広ともつかず学生服ともつかぬ服を着たぼくの姿は、自分でも滑稽に思えたし、まただれにもすぐ見抜かれるだろうと思われた、ぼくは家へ行かなかった――あそこにはもうぼくを待っていてくれるものなんかなかった——それで、ぼくたちの高校の近くの、体育館前停留所で下車した。
　ボール紙のトランクは守衛のところにあずけたが、彼に訊き合わせることはせず、どこにでもぼくの期待するものはあるだろうと確信して、大きな花崗岩の階段を一気に三段以上も飛びあがった。ぼくは彼を講堂で捕まえられると期待していたわけではない——講堂の二つのドアは開いていたが、掃除婦たちが椅子をひっくり返して、だれのためにだか知らないが、石鹼で洗っているだけだった。ぼくは左に曲がった、ずんぐりした花崗岩の柱が並んでいる、熱い額を冷やすのに好都合だ。両大戦の戦死者を記念する大理石の板には、まだかなりたくさんの余地があった。張り出し窓にあるレッシング像。どこでも授業の最中だった。教室のドアとドアとのあいだの廊下はどこも空っぽだった。ただ一度一人の細い脚をした三年生が、どんな隅にも入りこむ八角形の悪臭の中を通って、巻いた地図を運んでいった。3a—3b—製図室—5a—剝製の哺乳動物の入ったガラス箱——今は中になにが入っていたのだろう？　もちろん猫だ。すると鼠はどこで浮かれているのか？　会議室を通り過ぎた。そして廊下でアーメンという声が聞こえたとき、明るい正面の窓を背にし、事務室と校長室のあいだに、偉大なマールケが立っていた、鼠はなかった、つまり彼は首に特別の品を掛けていたのである、あのわけのわからぬもの、磁石、玉ねぎの敵、電気メッキした四つ葉のクローバー、懐かしいシンケルの産物、ボンボン、器具、もの、あれ、ぼくには口にだしていえないあのものを。そして鼠は？　鼠は眠っていた、六月だというのに冬眠していた。厚い蒲団の下でまどろんでいた、つまりマールケが太ったということだ。だれかが、運命とか一人の作家とかが鼠を除去したり抹殺したわけではなかった、ラシーヌが自分の紋章の中の鼠を抹殺して、白鳥だけに生存を許したように。相変わらず紋章はその小鼠なのであり、マールケがものを噛みこむと、夢をみていても生き生きと動いた。時どき偉大なマールケは、立派な勲章で飾られてはいても、ものを噛みこまねばならぬことがあったのである。

彼はどんなふうに見えたか？　戦闘行為が、ほんのわずかだが、吸取紙二枚の厚さだけ、きみを太らせたことは、すでにいった。きみは、半分は、白くニスを塗った窓じきいに寄りかかり、半分は腰をかけていた。戦車隊に勤務するだれもがそうであるように、きみも、黒と灰緑色の部分が混じった盗賊じみた碁盤縞の空想的な軍服を着ていた、そして灰色のだぶだぶのズボンが、ぴかぴかに磨かれた黒い長靴の筒の部分を蔽うように垂れさがっていた。戦車兵の黒い上衣は、腋の下でタックをとって、きみをぴったりと締めつけていたが――つまりきみの腕はコップの把っ手のように突き出ていたわけだが――それでもよく似合った、おかげで、二、三ポンド目方が増えたにもかかわらず、痩せぎすに見えた。上衣に勲章はなかった。しかしきみは二つの十字架と、さらになにかをつけていたが、それは傷痍軍人記章ではなかった、処女マリアのおかげで、弾丸に当たらなかったのだ。新しく人目につくものから目をそらさせるような付属品を、胸の上につけたくない気持ちはよくわかった。ざっと磨いただけの折れやすい帯革の下には、わずかに手の幅ほどの狭い生地が残っているだけだった、戦車兵の上衣はそれほど短かったので、モンキージャケットとも呼ばれていた。その帯革が、ずっとうしろのほうのほとんど尻のあたりにぶらさがっているピストルの助けを借りて、きみの緊張した姿勢を、あつかましくも斜めに崩させようとしたが、きみは灰色の戦闘帽を、あのころも今日もみんなが好んでやるように右に傾けることをしないで、きちんとまっすぐに頭の上に載せていた、そしてそれは、直角に押しつぶされた襞《ひだ》とともに、きみの左右対称への好みを思いださせ、またきみが道化師になりたいと言い、潜水に打ちこんでいた学生時代の真ん中から分けた髪を思いださせた。しかし、きみは、慢性の首の痛みが一片の金属で癒される前も後も、もはやキリストのような髪はしていなかった。あのたわいなく伸ばした、マッチ棒の長さの強《こわ》い髪は、あのころは新兵を飾り、今日ではパイプをくゆらすインテリに現代ふうな禁欲の外見を与えているのだが、切られてしまったのか、自分で切ったのか、とにかくなくなっていた。それでも、キリストの顔のように見えた、すなわち、釘づけしたように垂直に載っている戦闘帽の尊大な鷲は、きみの額に、聖霊の鳩のように、翼を広げていたのである。きみの肌は薄くて敏感だった。肉の厚い鼻にはにきびがあった。赤みがかった血管の走っている上瞼を、きみは伏せていた。そしてぼくがきみの前で息をはずませ、ガラスの向こうの剝製の猫を背にして立ったときにも、きみの目はほとんど大きくならなかった。

まず冗談で始めてみた、「こんちは、マールケ下士官！」冗談は成功しなかった、「ここでクローゼを待ってるんだ。今どこかで数学を教えている」

「それは、先生お喜びだろう」

「講演のことで彼と話があるんだ」

「もう講堂へ行ったかい？」

「ぼくの講演は練りに練ってある、一語一語」

「掃除のおばさんたちを見たいか？　もう椅子を洗っている」

「あとでクローゼといっしょにのぞいて見て、演壇の椅子の並べ方を相談するんだ」

「先生はお喜びだろう」

「講演は四年以上の生徒を対象にするよう、申し入れるつもりなんだ」

「きみがここで待ってることを、クローゼは知っているのかい？」

「事務室のヘルシング嬢が彼に伝えたんだ」

「それじゃ、先生お喜びだろう」

「非常に短いが、中身の濃い講演をするよ」

「そうとも、どうしてきみがこれを手を入れたのか話せよ、しかしこんなに早く」

「ピレンツ君、忍耐だよ、ぼくは講演の中で、勲章授与と関係のあるほとんどすべての問題に触れて話すつもりだ」

「そりゃ、クローゼ先生お喜びだぜ」

「ぼくは彼に、前口上もいらなけりゃ、紹介もしてほしくないとお願いするよ」

「マレンブラントはどうする？」

「守衛が講演を告げてまわる、それで十分さ」

「そりゃ、先生は……」

終了の鐘が階から階へ飛びはね、高校のすべての教室で授業は終わった。今やっとマールケは両方の目をぱっちり見開いた。数本のまつ毛がわずかに張りだしているだけだった。彼はもっと姿勢を楽にしたほうがいいのに——まさに飛びかからんばかりの姿勢で立っていた。

ぼくは背中のほうがなんとなく不安で、半ばガラス箱のほうを振り向いた、灰色の猫ではなかった、むしろ黒い猫が、白い前足で絶えずぼくたちのほうへ忍び寄り、白いよだれ掛けを見せていた。剝製の猫のほうが、生きている猫よりも、真に迫った忍び歩きができるものだ。貼りつけた名札には、美しい文字で、家猫と書かれていた。鐘が鳴りやんであたりが静かになり、鼠が目を覚まし、猫がますます重要な意味を持ってきたから、ぼくは窓に向かってなにか冗談を、もっとなにか冗談を、彼の母と伯母のことをなにかいってみた、そして彼を元気づけようと思い、彼の父のこと、彼の父の機関車のこと、ディルシャウ付近での父の死と父の死後贈られた勇気をたたえる勲章のことを話した、「ねえ、きみのお父さんがまだ生きていたら、きっとお喜びになったろうね」

しかし、ぼくが彼の父を呼びだし、鼠に猫の話をする前に、ヴァルデマル・クローゼ校長が、滓のたまっていない高い声をあげながら、ぼくたちのあいだに割りこんできた。クローゼは時候の挨拶など一言も口にしなかった、そして下士官とか勲章所有者とも、またマールケ君ほんとうにうれしいよ、ともいわずに、ぼくの労働奉仕の一年とトゥーヘル荒野の風景の美しさに――レーンスはそこで育った――強い関心を示した後、さりげなくマールケの戦闘帽越しに、理路整然たる言葉を行進させた、「おやおや、マールケ、またまたやってくれましたな。もうホルスト＝ヴェッセル校へは行きましたか？　わたしの尊敬する校長ヴェント博士はお喜びでしょう。きみは、昔の同級生たちに短い講演をするのを、きっとためらわないでしょうな、われわれの軍隊に対する信頼を強めるのに、ふさわしいことでしょう。ちょっとわたしの部屋へお寄り願えませんか」

偉大なマールケはクローゼ校長に従い、コップの把っ手のように腕を曲げて、校長室へ入って行った、そしてドアのところで戦闘帽を五分刈りの頭からさっと脱いだ、彼のでっぱった後頭部が見えた。それは軍服を着た一人の高校生が真面目な話をしに行くところだった、すでになにかことを起こそうと抜け目なく身構えた鼠が、話の後で、剝製になってはいるが相変わらず忍び足で歩いているあの猫に向かってなにをいうだろうかと、ぼくは緊張して待っていたのだが、その結果に期待してはいなかった。

泥まみれのささやかな勝利だった、ぼくはもう一度有利になった。まあ待て！　しかし彼は譲歩することができないだろうし、それを望まないだろうし、そんなことできるわけがない。ぼくは彼を助けるだろう。クローゼと話をしよう。心を打つ言葉を探すだろう。パパ・ブルニースがシュトゥットホーフへ転任になったのは残念だった。懐かしいアイヒェンドルフをポケットに忍ばせたあの先生なら、彼に腕を貸してくれたことだろう。

しかしだれもマールケを助けることはできなかった。ぼくがクローゼと話をしたって、おそらくだめだったろう。しかし実際ぼくは彼と話をし、半時間もペパーミントの言葉を顔に吹きかけられ、臆病にも中途半端で引きさがったのだ、「たしかに、人知で推し測るならば、あなたのおっしゃるとおりでしょう、校長先生。しかし考慮してはいただけないでしょうか、これは特別の例だと思うのです。一方であなたのおっしゃることは完全にわかります。学校の規則は、たしかに動かすことのできぬ要素です。また他方、なにごとも元通りにすることはできないのです、それに彼は早く父親を失ったことですし……」

そしてぼくはグゼウスキ司祭と話をし、トゥラ・ポクリーフケと話をした、彼女からシュテルテベーカーとその一味に話してもらうためだった。昔の少年部管区長のところへも行った。その男はクレタ島から木の義足で帰ってきて、ヴィンター広場にある中管区司令部で机の向こうに坐っていたが、ぼくの提案に熱狂して、教師たちをののしった、「もちろんですとも、わたしたちでやりましょう。そのマールケ君をここへ寄こしなさい。彼のことならぼんやりと覚えている。ここでなにかやらなかったかな？　忘れてしまった。できるだけたくさん集まるように宣伝しましょう。女子青年団と婦人会にも、筋向かいの郵便本局に一部屋用意しましょう、椅子は三百五十……」

グセウスキ司祭は香部屋に、おばあさんたちと十二人のカトリック労働者を集めるつもりだった、市のホールは彼の自由にならないからだった。

「たぶんあなたのお友だちは、教会にふさわしい範囲で講演をするために、はじめに聖ゲオルギウスについて語り、終わりに、大きな困難と危険の中での祈りの助けと力を差し示すかもしれませんね」とグセウスキは言い、講演に大きな期待をかけた。

ついでに、シュテルテベーカーとトゥラ・ポクリーフケが組織した未成年者の一団が、マールケに提供しようとした地下室のことにも触れておこう。ぼくが小耳に挟んだことのあるレンヴァントとかいう少年を——彼は聖心教会のミサの侍者だった——ぼくはトゥラから紹介された、その少年はいろいろといわくありげな暗示をし、マールケの通行の安全は保証するが、ただピストルは引きわたしてもらいたいといった、「もちろん、その人がぼくたちのところへくるときには、目隠しをしていただきます。秘密を守っていただくためや、その他いろいろの事情がありまして、ちょっとした宣誓に代わる声明に署名していただきますが、ただ形式だけです。当然、相当の謝礼をいたします。現金か軍隊用の時計で。ぼくたちのほうも、目的もなしになにかするわけではないのです」

しかしマールケはどれもこれも望まなかった——謝礼も欲しがらなかった。ぼくは彼を突っついた、「いったいきみはどうしろっていうんだい？　きみが満足するものなんかなにもありゃしない。トゥーヘル＝ノルトへ行きたまえ。あそこには今、新入りがいる。内務班長と炊事長があのころからまだきみを知ってて、きっと喜ぶぜ、きみが現われて講演をすれば」

マールケはすべての提案に、おちついて、時どき微笑しながら、耳を傾け、同意してうなずき、主催する団体について事務的な質問をしたが、計画が進行するとそのつど、不機嫌な顔であっさりとすべてを拒絶した、大管区指導部の招待さえも。彼には最初から一つだけ目標があったのである、それはぼくたちの学校の講堂だった。彼は新ゴチック式の尖頭迫持式の窓から洩れる、埃の舞う光の中に立ちたかったのだ。音の出るのや出ないおならをする三百人の高校生の匂いに向かって語りかけたかったのだ。かつての先生たちのすり減った頭が、自分のまわりやうしろに集まるのを見たかったのだ。この学校の創立者コンラディ男爵の青白い不死の顔が鐘のように光る厚いニスの下から見えている、講堂の端のあの油絵と向かい合いたかったのだ。古びた褐色の両開きのドアの一つから講堂に入り、たぶん念願したであろう短い話の後で、別のドアから外に出たかったのだ。しかしクローゼは、小さな格子縞のゴルフズボンをはいて、同時に両方のドアの前に立ちふさがったのである、「兵士なら、わかってもらわなくちゃ困る、マールケ。違うのだ、あの掃除婦たちは特別の理由もなしに椅子を磨いているのだ、きみのためじゃない、きみの講演のためじゃないんだ。きみの計画はどんなにかよく練られたものだと思う、しかしそれは実現しない。たくさんの人びとが——よく覚えておきなさい——生きてるあいだは高価な絨毯を愛しているが、死ぬのは白木の床板の上なのだ。断念することを学ぶのですぞ、マールケ！」

そしてクローゼはほんのちょっぴり譲歩して、会議を招集した、会議は、ホルスト＝ヴェッセル高校の校長の同意を得て、こう結論した、「学校の規則は要求する……」

そしてクローゼの報告は教育委員会から承認された、すなわち、旧生徒には、云々の前歴があるが、重大かつ厳粛な時局に鑑み、もちろんあの事件に過度の意味を付与するわけではないが、すでに時日も経過したことであるから、されど前例もないゆえ、両校の教員は一致して……というわけであった。

そしてクローゼはまったく個人的に手紙を書いた。そしてマールケは手紙によって、クローゼが心の欲するままに行動できないことを知った。すなわち残念ながら、時間と環境が許さないので、天職の重責を自覚している老練な教育家というものは、父親のように率直に、思うところを口にするわけにはいかないのである。自分は学校を代表し、伝統あるコンラート精神を考えて、男らしく協力されることをお願いする。自分は、マールケがすべての苦い思い出を忘れて、やがてホルスト＝ヴェッセル高校で行なおうと思っている講演を、傾聴したいのである。しかし、常に英雄にふさわしく、演説のよりよい部分、つまり沈黙を選ばれることを望むものである、という手紙だった。

しかし偉大なマールケは、脇道はないが、迷路のような、オリーヴァのお城の公園の、トンネルのように木が生い繁っていて、茨が多くて鳥のいないあの並み木道と似たある並み木道へ出かけて行った、すなわち彼は昼間はずっと眠っていたり、伯母と西洋連珠をやったり、疲れて無為に休暇の終わるのを待っているように見えたが、夜になるとぼくといっしょにラングフールをこそこそ歩きまわった、ぼくは彼の後に従って、けっして先に立つことはなく、たまには並んで歩いた。ぼくたちがふらふら出歩いたのには、目的がなかったわけではない、燈火管制の注意をよく守って上品に静まりかえっているバウムバッハ通りには小夜啼鳥《さよなきどり》もいたし、クローゼ校長も住んでいたのだが、ぼくたちはそこを虱つぶしに探して歩いたのである。疲れたぼくは軍服のうしろからいった、「馬鹿な真似はするな。うまくいかないってことはわかっているだろう。きみにとってどうだというんだ。休暇はもう二、三日で終わりだぞ。いったい休暇がいつまでつづくと思ってるんだ？　おい、馬鹿な真似だけはするなよ……」

しかし偉大なマールケは、ぼくが単調に唱えつづけている忠告とは違った歌を、その突きだした耳に聞いていたのである。朝の二時までぼくたちはバウムバッハ通りとそこに棲む二羽の小夜啼鳥を悩ませた。ぼくたちは二回彼の姿を捕えたのだが、連れといっしょだったので、見逃さねばならなかった。しかし四晩つづけて待ち伏せた後、クローゼ校長は一人で夜の十一時ごろ、ゴルフズボンをはき、帽子も被らず外套も着ないで――空気は柔らかだった――黒道から、バウムバッハ通りへ、その背の高い痩せた姿を現わした、偉大なマールケは左手をだして、クローゼのワイシャツの襟を背広のネクタイといっしょに捕まえた。彼は教育者を、芸術的な鍛鉄の柵へ押しつけた、そのうしろには薔薇が咲いていて――あたりは暗かったから――とくに強く、小夜啼鳥の歌う声よりももっと大きく、あたり一面に香りを放っていた。そしてマールケはクローゼの手紙にあった忠告を受け入れ、演説のよりよい部分、つまり英雄的な沈黙を選び、無言のまま、掌と手の甲で、校長の髭を剃った顔を右左と殴った。二人ともじっと動かず、姿勢を崩さなかった。ひっぱたく音だけが生き生きと雄弁だった。クローゼのほうも小さな口を閉じたままでいて、ペパーミントの息を薔薇の香りと混ぜようとしなかったのである。

これはある木曜日の出来事で、数分間もつづかなかった。ぼくたちはクローゼを鉄柵のところに立たせておいた。すなわち、マールケはまずくるっとふり向くと、上のほうへ行くにつれて黒々とすべてを蔽っていた赤い楓の下の、砂利を敷いた歩道を、長靴で歩いて行ったのである。ぼくは謝罪に類する言葉をなにかクローゼにいおうとした、マールケのために――そしてぼくのためにも。殴られた男はそれを制した、そしてすでに殴られたような顔は見せず、身を固くして立っていたが、切り花とたまに聞こえる鳥の声に支えられて黒い輪郭を見せているその姿は、公共施設、学校、コンラート財団、コンラート精神、コンラート校、すなわちぼくたちの高校を具現していた。

あそこから、あの瞬間から、ぼくたちは人一人通らぬ郊外の道を走ったのだが、もはやクローゼにいうべき言葉は一言も持たなかったのである。マールケはいともそっけなくぶつぶつとひとりごとをいっていた、それは、あの年ごろの彼を苦しめ、そして一部分はぼくをも苦しめていたむずかしい問題であった。簡単にいうと、死後の生はあるか？　あるいは、輪廻を信じるか？　という疑問である。マールケはしゃべった、「ぼくは近ごろ、かなりたくさんキェルケゴールを読んでるんだ。後できみもぜひともドストエフスキーを読まなくちゃいけないよ、おまけに、ロシアに行くのなら。あそこからはたくさんの問題が出てくる、知性とかそのほかいろいろ」

ぼくたちは何度も、シュトリースバッハを渡るいくつもの橋の上に立った、水蛭のいっぱいいる小川だった。欄干にもたれて、鼠たちを待つのは楽しいことだった。どの橋も、無意味な会話、戦艦とその装甲の厚さ、装備、速力について、飽きずにくり返される子供じみた記憶くらべといった会話を、宗教へ、いわゆる最後の問題へと変えてくれた。小さなノイシヨットラント橋の上で、ぼくたちははじめて、六月にふさわしい星をちりばめた空を長いことじっと見つめ、それから——おのがじし——小川に目を凝らした。下では、アクティエン池から流れ出る静かな水が空罐にあたって砕け、アクティエン・ビール工場の酵母の匂いを運んできた、「むろんぼくは神を信じない。あれは民衆を愚かにする、よくあるいかさまだよ。ぼくが信じているたった一つのものは処女マリアだ。だからぼくも結婚しないだろう」

それは、一つの橋の上で語られるにはあまりに簡単で錯雑した文句だった。その文句はぼくの心に残った。小川や運河に小さな橋がかかり、下を音立てて水が流れ、だらしのない人びとがあたりかまわず小川や運河に投げ捨てたあのがらくたに当たって砕けるとき、いつも、長靴とだぶだぶのズボンをはき、戦車兵のモンキージャケットを着たマールケは、ぼくと並んで立ち、欄干から身を乗りだすようにして、首に掛けたあの大きな勲章を垂直に垂らしていたのだが、それは、否定しがたい信仰をもって猫と鼠に打ち勝ち、意気揚々と引き揚げる生まじめな道化師の姿であった、「むろん神を信じない。民衆を愚かにするいかさまだ。たった一つのものはマリア。結婚しないだろう」

そして彼はさらにたくさんの言葉をしゃべったが、それはシュトリースバッハに落ちた。おそらくぼくたちは十回もマックス＝ハルベ広場をぐるぐるまわり、十二回もヘーレスアンガーの坂道を上ったり下ったりしたのだろう。決心のつかぬままに、五番線の終点に立っていた。市電の車掌と、パーマネントをかけた女の車掌が、青く遮光した連結車に坐って、バターつきパンをかじり、魔法瓶から飲んでいるのを眺めていると、空腹を感じないわけではなかった。

……そしていつか一台の電車がきた――あるいはきたような気がしたのかもしれぬ、その中に、数週間前から戦時動員で勤めなければならなくなったトゥラ・ポクリーフケが斜めに帽子を被り、車掌として坐っていた。ぼくたちは彼女に話しかけたような気がする。たしかぼくは、五番線の勤務が終わったら、彼女と会う約束をしたようだ。だがほんとうは、そんなことを考えながら、ぼくたちは彼女の小さな横顔を、暗く青いガラスの向こうに見ていたにすぎないのだが、たしかではなかった。

ぼくはいった、「あの子とやりゃよかったんだ」

マールケは苦しげにいった、「ぼくは結婚しないって、いっただろう」

ぼく、「やってみれば、考えが変わるかもしれないよ」

彼、「やったからって、だれがぼくの考えを変えてくれるんだ?」

ぼくは冗談をいってみた、「もちろん、処女マリアさ」

彼は言いよどんだ、「もしマリアが気を悪くされたら?」

ぼくは助け舟をだした、「きみさえよかったら、ぼくは明朝、グセウスキのところで、ミサの侍者をやるよ」

びっくりするほど早く、彼の「よし決めた」という声が返ってきた、そして彼は、相変わらず車掌姿のトゥラ・ポクリーフケの横顔を期待させるあの連結車のほうへ歩きだした。彼が乗る前に、ぼくはいった、「ほんとうにまだ休暇が残っているのかい?」

そして偉大なマールケは連結車のドアからいった、「ぼくの列車は四時間半前に出ちゃったんだ、事故でもなければ、まもなくモドリンに着くころだろう」

XIII

「ミセレアトゥール・ヴェストリ・オムニポテンス・デウス・エト・ディミシス・ペカティス・ヴェストリス……」(願わくは、全能の神があなたたちを、憐れみ、あなたたちの罪を許して) グセウスキ司祭の尖った口から、それはシャボン玉のように軽く立ち昇り、虹のように多彩に光り、秘密の麦藁から離れて、ためらいがちにたゆたい、ついにふわりと浮きあがると、窓や祭壇や処女マリアを映し、きみとぼくとすべてのものを映した——そして祈禱が次のシャボン玉を投げあげると、痛みもなくはじけた、「インドゥルゲンティアム・アブソルチオーネム・エト・レミシオーネム・ペカトルム・ヴェストロルム……(全能慈悲の主がわれらを憐れみ、罪を解き) しかし七人か八人の信者のアーメンが、この呼吸とともに立ち昇った玉を突きさした後、ただちにグセウスキはホスチアを捧げ、唇の位置を完全に調えると、息吹きの中でびっくりして震えているまったく大きなシャボン玉を膨らまし、薄紅色の舌の先で飛ばしてやった、それはしばらく昇っていったが、やがて落ちて

きて、マリア祭壇の前の二列目の椅子の近くで消えた、「エッケ・アグヌス・ディ……」（神の小羊を見よ）

マールケは、「主とわたしは至らぬものです、ご訪問にあたいしません」が三度くり返される前に、いちばん先に聖体拝領台に跪いた。グセウスキがぼくのかたわらを通って祭壇の階をおり、拝領台の前へ行く前から、彼は、徹夜のために頬のこけた顔を、聖堂の白く塗ったコンクリートの床と平行になるほど、うなじのところで仰向け、舌で唇を開けていた。司祭が彼に差しだすホスチアを手にして、彼の上で小さな十字を素早く切った瞬間、彼の顔から汗が吹きだした。汗の玉は毛穴の上に明るく止まり、そして転がり落ちた。彼は髭を剃っていなかった、ごわごわした髭で汗の玉が割れた。ゆであがったような目が突き出ていた。戦車兵の上衣の黒のため、蒼白い彼の顔が際立って見えたのかもしれない。彼は、舌がねばねばしてきたのに、つばを嚥みこまなかった。あんなにたくさんのロシアの戦車を子供みたいに下手に描き、それを抹消したおかげで手に入れたあの鉄の彫刻は、いちばん上の襟のボタンの上で十字を切っていたが、なんの関心も示さなかった。グセウスキ司祭がホスチアをヨアヒム・マールケの舌の上に載せ、マールケがその軽いパンを受け取ったときはじめて、きみは嚥みこまねばならなかった。金属もその動きにつれて動いた。

もう一度三人で、くり返し秘蹟を祝うことにしよう、きみは跪き、ぼくは乾いた肌のうしろに立っている。きみの汗が毛穴を広げる。苔の生えた舌の上に司祭はホスチアを載せる。まだぼくたち三人が揃って同じ言葉を唱えているうちに、ある仕掛けがきみの舌を動かし始める。唇がふたたび貼りつく。きみの噛みこむ動きがしだいに広がり、あの大きなものがそれにつれて小刻みに動いているあいだに、偉大なマールケは勇気づけられてマリア聖堂を去るだろう、彼の汗は乾くだろう、ということをぼくは知る。その後で彼の顔が濡れて輝こうと、それは雨に濡れたためだ。戸外の、マリア聖堂の前では霧雨が降っていた。

乾いた香部屋でグセウスキがいった、「彼はドアの前に立っているんだろう。ここに呼んだほうがいいんじゃないかな、だけど……」

ぼくはいった、「ほっといてください、神父様。ぼくが面倒をみますよ」

グセウスキは両手を戸棚の中のラヴェンデルの匂い袋に置いて、「彼は馬鹿なことをやるつもりはないだろうな？」

ぼくは彼を祭服のまま立たせておいた、脱ぐのを手伝ってやらなかった、「あなたは関係なさらないのがいちばんいいのです、神父様」しかし、軍服姿のマールケが雨に濡れてぼくの前に立っていたとき、彼にもいってやった、「気違いだな、まだここでなにをするつもりなんだ？　ホッホシュトリースの集合所へ行けよ。列車に遅れた理由をなんとかでっちあげるんだ。ぼくはそんなことごめんだぜ」

　こういってぼくは去るべきだったろう、だがぼくは止まって、雨に濡れた、雨が結びの神だった。そして今度は説得しにかかった、「彼らだってすぐがみがみ言いやしないよ。きみの伯母さんかお母さんになにかあったんだと、いったっていいのだ」

　マールケは、ぼくが言葉を切ったときに、うなずいた、そして時どき下顎をだらりと垂らし、理由もなく笑い、それから猛然としゃべりだした、「昨日ポクリーフケのちびとっとてもすばらしかった。考えてもみなかったなあ。あいつは、普段とはまるっきり違うんだ。つまり、正直にいっちゃえば、あの女のためにぼくはもう行きたくないのだ。けっきょくぼくの義務は全部はたしちまったからな――それとも？　ぼくは申し出るつもりだ。グロース＝ボシュポルに教官としてやられるかもしれない。今度はほかのやつらがやる番だよ。恐いからじゃないんだ、ぼくは十分やったんだ。わかってもらえるかな？」

　ぼくはだまされなかった、ぼくは彼を釘づけにした、「そうか、それじゃポクリーフケのためか。だけど彼女はいなかったぜ。オリーヴァ行きの二番線に乗ってるんで、五番線じゃない。みんなが知っていることだ。きみは恐いんだな――よくわかる！」

彼は絶対に彼女とやったのだと言い張った、「トゥラとだ、きみは安んじて信じていいんだ。しかも彼女の家でだよ、エルゼン通りの。彼女のお母さんはそっぽを向いてた。――だけどほんとうなんだ、これ以上いわないけど。たぶんぼくは恐くもあるのだろう。さっき、ミサの前には少し恐かった。今はもうずっといい」

「きみは神とか、なにかそんなものを信じていない、とぼくは思う」

「それはこのこととそもそもなんの関係もないさ」

「よろしい、そのことは忘れる。で、これからどうするんだい？」

「たぶんシュテルテベーカーとその手下のところでなんとかなるだろう、きみは彼らを知ってるんだってね」

「とんでもないよ。あの一味とはもう関係はない。ひどい目にあうぜ。それよりポクリーフケに訊いてみたほうがずっとよかった、ほんとうにきみが彼女の家で彼女と……」

「わかってくれよ、ぼくはもうオスター街には行くことができないんだ。やつらが張りこんでいなくたって、それがいつまでもつづくものじゃない――どうだろう、きみのとこの地下室はだめだろうか、ほんの二、三日でいいんだ」

しかし、ぼくは重ねて、このことにかかわりたくないといった、「どこかほかのところに潜れよ。田舎に親類があっただろう、それとも、ポクリーフケの家の作業場の小屋だ、彼女の伯父さんの……それとも小舟だ」

　その言葉はしばらく宙に浮いていた。たしかにマールケは「こんなひどい天気にかい？」と言いはしたが、しかしそれはなにもかも決めてしまった声だった。そしてぼくが、とにかく天気の悪いことを理由に、ああだこうだと執拗に、彼と小舟に行くことを拒んだにもかかわらず、彼といっしょに行かねばならないことは、はっきりしていた。こうした腐れ縁も雨のせいなのだ。

　たっぷり一時間ぼくたちはノイショットラントからシェルミュールへ歩き、また引き返し、またまた長いポサドウスキ通りをあがって行った。ぼくたちは少なくとも二つの広告塔の風下のところで身体を寄せ合い、それからまた歩きだしたのだが、そこにはいつも同じ石炭盗人と浪費家の広告がぐるっと取り巻いていた。市立産院の本玄関から、書き割りみたいなお馴染みの風景が見えた、つまり鉄道の土手と重々しい栗の木の向こうに、どっしりした高校の破風屋根と塔の屋根が見えた。しかし彼はそちらを見なかった、あるいはなにか別のものを見ていた。それからぼくたちは半時間ほど、ライヒスコロニー停留所の待合室で、三、四人の小学生といっしょに、うるさいブリキ屋根の下に立っていた。子供たちは控え目に拳闘の真似をし、代わりばんこに椅子を立った。マールケが彼らに背を向けても、それほど効果はなかった。二人の子供が開いたノートを持ってやってきて、ひどい方言でがやがやしゃべった、ぼくはいった、「きみたち、学校はないの？」

「九時までない、だいたいおいらが行けばだよ」

「こっちによこせ——早くしろ」

マールケは二冊のノートの最後のページの左上に、それぞれ名前と階級を書いてやった。少年たちは満足しなかった、そのほかに、やっつけた戦車の正確な数も記入してくれといった——マールケはいわれるままに、まるで郵便為替に記入するみたいに、まず数字を書き、次に文字を書いた、そしてさらに二冊のノートにも、ぼくの万年筆で彼の詩句を書かねばならなかった。ぼくが彼から万年筆を返してもらおうとしたとき、少年の一人が教えてくれといった、「どこでやっつけたんですか、ビイエルゲロット（ビエルゴロトの訛）付近ですか、シ・テミール（ジトミルの訛）付近ですか？」

マールケはうなずいて、静かにさせればよかったのだ。ところが彼はねばねばした声で囁いた、「違うんだ、たいていはコベル、ブルドイ、ブレザニを結ぶ地域だ。ぼくたちが最初の戦車隊をブチャチ（以上の地名は全部ウクライナにある）付近でやっつけたのは四月だった」

　ぼくはもう一度万年筆のキャップをはずさねばならなかった。少年たちはなんでも文字で書いてもらおうとし、さらに二人の小学生をも口笛を吹いて、雨の中から待合所に呼びこんだ。いつも同じ少年の背中が、書くときの台にされて、じっとしていた。その子も背中を伸ばして、とにかくノートを差しだそうとしたのだが、みんながそうさせなかった、だれか一人はそういう姿勢でいなければならないのだ。そしてマールケは、だんだん震えのひどくなる文字で——またもや彼の毛穴からはすき通った汗がほとばしり出た——コベル、ブルドイ、ブレゼニ、チェルカスイ、ブチャチと書かねばならなかった。一面に汚れた顔、顔から、質問が飛んできた、「クリボイログにもいましたか?」どの口も開いていた。どの口にも歯がなかった。父方の祖父の目だった。耳は母の家系そっくりだ。だれも恥の穴は持っていた。

「今度はどこへやられるの?」

「おい、いっちゃいけないんだってさ、訊いてもだめだよ」

「よし賭けよう、攻撃するんでしょう?」

「戦争終わっても、攻撃に備えるんだ」

「総統本部に行ったのかどうか訊いてみろよ」

「おじさん、行った?」

「この人下士官だってこと、わかんないのか?」

「写真持ってませんか?」

「集めてるんです」

「休暇はいつまでなの?」

「ねえ、まだあるの?」

「明日まだここにいますか?」

「それとも休暇はいつ終わったの?」

マールケは囲みを破った。ランドセルにつまずいた。ぼくの万年筆は待合所に残された。斜めにどんどん走った。二人並んで水たまりをいくつも走り抜けた、これも雨の腐れ縁だ。競技場を過ぎたところでやっと、少年たちは追うのをやめて引き返した。それでも長いこと彼らは叫んでいた、学校へは行かなくてもよかったのだ。今日でも彼らはぼくに万年筆を返すつもりなのである。

ノイショットラントの裏の家庭菜園のあいだにきたとき、ぼくたちはやっと、もっとゆっくり呼吸する気になった。ぼくは腹の中が煮えくりかえっていたが、その怒りはつぎつぎに新しい怒りを生んだ。ぼくは催促がましく、人差し指であの呪われたボンボンをとんとんと叩いた、マールケはあわててそれを首からはずした。それも、数年前ドライバーがそうであったように、靴紐に結んで掛けてあった。マールケはそれをぼくにくれようとしたが、ぼくは断わった、「捨てちゃえ、余計なお世話だ」

しかし彼はその鉄を濡れた茂みに投げこまないで、ズボンの尻のポケットに入れた。どうやってぼくはここを出たらいいだろう？　一時しのぎの垣根のすぐうしろにすぐりの実がなっていたが、まだ熟していなかった。マールケは両手で摘み始めた。ぼくの口実は言葉を探していた。彼はすぐりを食べては、殻をほきだした。「ここで待っててくれ、半時間ほど。どうしても食料を持ってくる必要がある、そうでもしなけりゃ、小舟にいつまでもいられるものじゃない」

マールケが、「帰ってきてくれよ」と口でいったのなら、ぼくはそのまま逃げてしまったろう。彼がうなずくやいなや、ぼくは出かけたのだが、そのとき彼は十本の指で、垣根の木《き》摺《ずり》のあいだの茂みから実をこそぎとり、口いっぱいに頬ばりながら、無理矢理ぼくにもうしばらくつき合うよう命令したのである、これも雨の腐れ縁だ。

ドアを開けてくれたのはマールケの伯母であった。彼の母が家にいなかったのは好都合だった。ぼくは自分の家からなにか食べるものを持ってきてもよかったのだが、なんのためにに彼の家族がいるのだ、と考えたのだ。それに彼の伯母がどんな顔をするかにも関心があった。それは期待はずれだった。彼女は台所用の前掛けをして立っていたが、一言も質問しなかった。開けたドアからなにかの匂いがして、歯の浮くような感じがした、マールケの家では大《だい》黄《おう》を煎じていたのだ。

「ぼくたち、ヨアヒムのために形ばかりのお祝いをやるつもりなんです。飲み物は十分あるのですが、もしお腹が減ったとき……」

無言で彼女は、脂肉一キロ入りの罐を二つ台所から持ってきた、罐切りも一つつけてくれた。それは、マールケが小舟の厨房で蛙の股肉の罐詰を見つけたとき、拾いあげてきたものとは違っていた。

彼女が品物を取ってきたり、あれやこれや考えたりしているあいだ――マールケの家の戸棚はいつも満員だった、田舎に親類があって、ちょっと手を伸ばしさえすればよかったのだ――ぼくはおちつかない脚をして、廊下に立ち、マールケの父親が罐焚きのラブダと写っている例の大判の写真を眺めていた。機関車は煙を吐いていなかった。

伯母が買い物網と罐詰を包む新聞紙を手にしてもどってくると、こういった、「脂肉を食べるときには、ほんの少し温めなければだめよ。温めないと脂がきつすぎて胃にもたれる」
ぼくが帰りがけに、だれかきて、ヨアヒムのことを訊かなかったかどうか、質問すると、いいえ、という答えだった。ぼくは質問はやめて、「ヨアヒムがよろしくとのことでした」といった、マールケからは、彼の母親にさえ、よろしくいってくれとは頼まれなかったのだが。

ぼくが相変わらず雨の降っている家庭菜園のあいだにふたたび帰ってきて、軍服姿の彼の前に立ち、買い物網を垣根の木摺に掛け、紐の食いこんだ指をこすったとき、彼も格別興味を示さなかった。彼は相変わらず熟していないすぐりの実を平らげていたので、ぼくは、伯母同様に、彼の健康を気づかわずにはいられなかった、「そんなことしてたら、胃を悪くするぜ！」しかしマールケは、ぼくが「出かけよう」といった後でも、両手にたっぷり三杯、しずくの垂れる茂みからこそぎ取ると、ズボンのポケットを膨らませ、ぼくたちがノイショットラントと、ヴォルフス通りとベーレン通りの住宅街をぐるっと迂回するあいだ、固いすぐりの実の殻をほきだしていた。ぼくたちが市電の連結車のうしろの乗車口に立ち、左手に雨の飛行場を見ながら進んで行ったときも、彼は相変わらずむさぼり食べていた。

ぼくは彼のすぐりの実が気になってしかたなかった。雨もあがりかけていた。灰色が牛乳色になり、ぼくは下車して、彼をすぐりの実といっしょに一人だけにしてしまいたい気がした。しかしぼくはこういっただけだ、「きみの家にもう二回も、きみのことを訊きにきたぜ。背広を着たのが数人」

「へえ？」マールケはさらに、殻を板張りの乗降口の床に吐きだした。「それでお母さんは？　なにか感づいてた？」

「お母さんはいなかった、伯母さんだけだ」

「買い物に出てたのだろう」

「そうは思えない」

「それじゃ、シールケのところで、アイロン掛けの手伝いをしてたんだ」

「そうでもなかったな、残念ながら」

「少しすぐりの実をどう？」

「連れて行かれたんだ、ホッホシュトリースへ。きみにいうつもりはなかったんだけど」

ブレーゼンの少し前で、マールケはすぐりの実を平らげてしまった。しかし彼は、ぼくたちが、雨で模様を描かれた海岸を、急ぎ足に歩いていたときにも、まだ、ぐっしょり濡れた両方のポケットを探していた。そして偉大なマールケは、海が砂浜に砕ける音を聞き、その目で、バルト海を見、遠くの書き割りじみた小舟と、泊地にいる数隻の軍艦をも見たとき、――そして水平線は彼の両方の瞳に一本の線を引いた――彼はいった、「ぼくは泳げないんだ」しかしぼくはすでに靴と、ズボンを脱いでしまっていた。

「今さら馬鹿なことをいうなよ」

「ほんとうにだめなんだ、腹が痛い。いまいましいすぐりの実だ」

そこでぼくはののしり、探し、またののしり、そして上衣のポケットに一マルク見つけた、少し小銭もあった。それを握ってぼくはブレーゼンへ走り、クレフトじいさんのところから、二時間の約束でボートを一隻借りた。こう書けば簡単なようだが、それほど容易な仕事ではなかった、もっともクレフトは二言三言質問しただけで、ボートを浮かべるのに手も貸してくれたのだが。ぼくがふたたびボートを岸へあげたとき、マールケは砂の上に横になって、戦車隊の軍服もろとも転げまわっていた。ぼくは彼を立たせるために、蹴とばさねばならなかった。彼はがたがた震え、汗を吹きだし、両方の拳で胃袋を押さえていた。しかしぼくは今日でも、彼の腹痛を信じることができない、空きっ腹で青いすぐりの実を食べたにしても。

「砂丘へ行け、そら、歩くんだ！」彼は屈んで歩き、浜麦の陰に消えた、足を引きずった跡が残った。おそらくぼくは彼の戦闘帽を見ようと思えば、見ることができたのだろうが、突堤のほうばかり見ていた、入港する船も出港する船も見えなかったけれど。彼は相変わらず背を屈めたままもどってきたが、ぼくがボートを浮かべるのに手を貸してくれた。ぼくは彼を船尾に坐らせ、その膝の上に、罐詰の二つ入った網を載せ、両足のあいだに新聞紙で包んだ罐切りを置いた。第一の砂州を過ぎ、第二の砂州を過ぎるにつれて、水が黒さを増したとき、ぼくはいった、「さあ、少し漕いでもいいぜ」

偉大なマールケはかぶりを振ることさえしなかった、背を屈めて坐り、包まれた罐切りにしっかりと身をもたせ、ぼくを透《すか》してじっと見つめていた、ぼくたちは向かい合って坐っていたのだ。

ぼくはあれ以来、今日までボートに乗ったことはないが、ぼくたちは相変わらず向かい合って坐っているのである、そして彼の指はそわそわとおちつきがない。首にはなにもかかっていない。しかし彼の帽子はまっすぐだ。海の砂が軍服の襞からこぼれる。雨は降ってないが、額からはしずくが落ちる。どの筋肉も硬直している。匙ですくえそうな目。鼻はだれと交換したのか？　両方の膝がぐらぐらしている。海の上に鼠はいないが、鼠はちょこちょこ動きまわっている。

しかし寒くはなかった。雲が千切れて、太陽がその隙間から落ちてくるときだけ、震える光が、ほとんど呼吸しない水面を点々と走り、ボートにも襲いかかった。「少し漕いでみろよ、暖かくなるぜ」　歯のがちがち鳴る音が船尾から答えとして返ってきた、そして周期的なうめき声の合間を縫って、とぎれとぎれの言葉が洩れた、「……こう考えるだろうな。昔だれかがいってくれたっけ。そんな馬鹿なことのためにって。しかしほんとうに立派な講演ができたんだ。指向性照準器の説明をし、次に徹甲榴弾やマイバッハ・エンジンやそのほかの話をするつもりだった。装填係だったから、いつも外に出てボルトを締め直さねばならなかった、砲火の中でもだ。自分のことだけ話すつもりじゃなかった。父とラブダのことも言いたかった。ディルシャウ近くでの鉄道事故のこともほんのちょっぴり。ぼくの父が生命をかけていたことも。照準器をにらみながらいつも父のことを考えていた話。父が死ぬとき秘蹟を受けられなかった。あのときのロウソクありがとう。いつも清らかだった。神聖な光の中の聖母。代願によって恵みにあずかる。愛に満ちた。恵み豊かな女。そうだ。クルスク北方の最初の出撃ですぐ証明された。オリョール付近で反撃に会ったとき、泥濘の中で。八月ボルスクラ河畔の処女マリア。みんな笑った、連隊付牧師にぼくを引きわたした。しかしその時戦線は膠着した。残念なことにぼくは中央戦線に転じた。そうじゃなかったら、ハリコフ付近はあんなに早く突破されなかったろう。さっそくコロステン近くでもまたマリアの姿が現われた、五十九軍団と戦ったときだ。しかしけっして子供は抱いてないで、いつもあの写真を抱いていた。ご存じでしょうが、校長先生、それはうちの廊下の、ブラシ袋の隣にかかっています。彼女はそれを胸の前に抱かないで、ずっと下のほうに抱いていた。はっきりと機関車が見えた。ぼくの父と罐焚きのラブダのあいだだけを狙わねばならなかった。四百。真接射撃。見たか、ピレンツ、ぼくはいつも、砲塔と汽罐のあいだのものを狙うんだ。風通しがよくなるからな。いいえ、マリアは話しませんでした、校長先生。しかし正直にいえとおっしゃるなら、彼女はぼくと話す必要はないのです。証拠ですか？　写真を抱いている、といったでしょう。それとも数学的にね。先生は数学を教えていらっしゃる、平行線が無限において交わると仮定すれば、それは先生もお認めになるでしょうが、超越というようなことも結果としてでてきます。カザチン東方の後方部隊でもそういうことがあった。とにかく待降節第三主日のことだ。左から森のほうへ、時速三十五キロの速さで動いた。ぼくはただそれだけを狙わねばならなかった、それだけを、それだけを。左を二漕ぎしろ、ピレンツ、小舟からはずれるぞ」

マールケは最初はただがたがた音をさせるだけであったのに、やがて意のままにできた歯のあいだから講演をスケッチしてみせてくれたのであるが、そのあいだ、彼はぼくたちのボートの進路を見張っていて、その口調を利用しながら、ぼくに一つの調子を与える術を知っていた、そのためにぼくの額からは汗が流れ出たが、彼の毛穴は乾き、休息していた。ぼくはオールを動かしながら、彼が、だんだん大きくなる艦橋の上に、いつものかもめ以上のものを見ていたのかどうか、確信はもてなかった。

小舟につくころには、彼はゆったりと船尾に坐り、紙からだした罐切りをだらだらともてあそんでいて、腹痛は訴えなかった。彼はぼくより先に小舟にあがり、ぼくがボートをつないでいたとき、両手で首のあたりを触っていた、尻のポケットからだした大きなボンボンがまた首にへばりついていた。両手をこすり、太陽が顔をだし、手足をぶらぶらさせた、マールケは占有権を持つ者の足どりで甲板を歩いて行き、連禱の一節をつぶやき、かもめに高く舞いあがれと合図し、あの上機嫌な伯父さんのように振舞った、何年も留守にしたあげく、冒険の旅から帰ってきて、自分自身がお土産だといわんばかりに、再会を祝して、「よう、子供たち、みんなちっとも変わらんな！」という伯父さんのように。

ぼくには、そんな彼に調子を合わせるのは大変なことだった、「早くしろ、早く！　クレフトじいさんは一時間半しかボートを貸してくれなかったんだぞ。最初は一時間しかだめだといったんだ」

マールケはすぐに事務的な調子を取りもどし、「よしよし。旅人は引きとめちゃいけないんだ。ところで、あそこの、タンカーの隣の軍艦はかなり吃水《きっすい》が深いな。賭けた、あれはスウェーデンのだ。きみに教えてやるために、今日のうちにあの船まで漕いで行こう。しかし暗くなったらすぐがいい。いいか、九時ごろここへくるんだぜ。そのぐらい要求したっていいだろう——それとも?」

もちろん、こんなに視界のきかないときには、泊地にいる船の国籍を見分けることはできなかった。マールケは、おしゃべりをつづけながら、苦労して洋服を脱ぎにかかった。彼はたわいのないことをおしゃべりした。トゥラ・ポクリーフケのことを少し、「あばずれだよ、いっとくけど」グセウスキ司祭の陰口、「あいつは、布地の闇をやったという噂だ、祭壇布もだ、むしろ衣類の配給券のほうだろう。経済局の検査官がきていた」次に彼の伯母の滑稽な話、「彼女を認めてやらなければならないことが——一つあるんだ、彼女はいつもぼくの父と意見が同じだった、二人がまだ子供で、田舎にいたときから」即座に機関車の古い話をいくつかしてから、「とにかく、きみはその前にもう一度オスター街に寄って、あの写真を持ってきてかまわない、額縁はあってもなくてもいい。いや、掛けたままにしておいたほうがいい。重荷になるだけだ」

　彼はあの赤いトレーニングパンツで立っていた、それはぼくたちの高校の伝統を示す一つだった。軍服は、注意深くたたんで、規定どおりの小さな包みにし、羅針箱のうしろの、彼のものと決まっていた場所に積み重ねた。寝床に入るときのように、長靴は立っていた。ぼくはさらにいった、「全部持ったか、罐詰は？　罐切りを忘れるなよ」　左から右に、彼は勲章の位置を変え、なんのわだかまりもなく、生徒のころのように馬鹿な知恵くらべを長々とやり始めた、昔よくやった遊びだった、「アルゼンチンの戦艦モレノのトン数は？　速力は？　吃水線の装甲の厚さは？　建造年月日は？　改造はいつ？　ヴィットリオ・ヴェネトは一五・二センチ砲を何門積んでる？」

　ぼくはのろのろと答えたが、まだそんなつまらぬことを覚えているのがうれしかった。

「罐詰は二つ一度に下へ持って行くのか？」

「まあ見てろよ」

「罐切りを忘れるな、ここにあるぜ」

「きみは、おふくろのように心配してくれるんだな」

「ぼくがきみだったら、これで悠々と地下室へおりて行くところだ」

「よし、よし。あそこもすっかりぼろになっちまったろうな」

「冬眠しちゃいけないよ」

「忘れちゃならないのは、もっとマッチを持ってくことだ、燃料は下に十分あるからな」

「そいつは、ぼくなら捨てないよ。どこかで、そいつを記念品として競売にしてもいいんだ。だれも知っちゃいない」

マールケはその品を一方の手から別の手に投げた。彼は、艦橋を離れて、小股で一歩一歩ハッチを探して歩いて行ったときにも、その右腕には罐詰の二つ入った網を結びつけていたにもかかわらず、両手で重さを量るようにお手玉をしていた。彼の膝が波を立てた。また太陽がちょっと顔をのぞかせたので、彼の首筋と脊柱が左側に影を投げた。

「もう十時半か、もっと遅いだろう」

「思ったほど冷たくないや」

「雨の後はいつもそうなのだ」

「だいたい、水温十七度、気温十九度ってところじゃないかな」

ブイの先の水路には、浚渫船《しゅんせつせん》が一隻停っていた。作業の最中だったが、機械の音は聞こえるような気がしただけだ、風がそちらのほうへ吹いていたからだ。マールケの鼠も見えたような気がしただけだった。彼が足で探って、ハッチの縁を見つけたと思われたときには、ぼくのほうに背中しか向けていなかったのだから。

　くり返しぼくは、自分ででっちあげた質問の声を、自分の耳にもみこむ、彼は潜る前に、もっとなにかいわなかったろうか？　ぼんやり記憶に残っているのは、左の肩越しに艦橋のほうへ投げてよこした、あの横目だけである。彼は、ちょっとかがむと、身体を濡らし、高校のトレーニングパンツの旗のような赤を、よどんだ暗い色に染めかえ、罐詰を入れた網を右手で小さくまとめた——だが、あのボンボンは？　首にはかかっていなかった。気がつかぬうちに捨てたのだろうか？　どの魚がそれをぼくのところへ運んでくれるだろうか？　彼は肩越しにまだなにかいったろうか？　空のかもめに？　海岸か、泊地の軍艦に向かって？　彼は齧歯《げっし》類の動物のことを呪わなかったろうか？　ぼくは、きみが、「それじゃ、今晩また」というのを聞いたとは思わない。頭から先に、二つの罐詰を錘にして、彼は潜っていった、丸い背中と尻がうなじにつづいた。白い足が虚空を突きさした。ハッチの上の水は、いつものさざ波を立てる鏡にもどった。

　そのときぼくは罐切りから足を離した。ぼくと罐切りが後に残った。ぼくがボートに乗り、綱をはずし、出発したって、「そうだ、あいつならこれがなくても開けられるだろう」しかしぼくはそこに居残って、秒を数えたのだが、声をだして数えることは、ブイの先に停っている浚渫船の、カタピラの上をがたがたと上下するバケツに任せて、真剣にいっしょになって数えたのだ、三十一、三十二、錆ついた秒。三十六、三十七、泥を揚げる秒。四十一、四十二、油の切れた秒、四十六、四十七、四十八、浚渫船は、昇りながら、揺れながら、水の上を進むバケツでもって、力のかぎりをつくした、浚渫船はノイファールヴァッサーへ入港するための水路を深くし、ぼくが時を測るのを手伝ってくれた。マールケは目的地についたに違いなかった、罐詰は持ったが、罐切りは持たずに、甘さと苦しさを双子のように備えたあのボンボンを持ったか持たぬかはわからないが。そしてマールケは、ポーランド掃海艇《リビトヴァ》の水面上にあるかつての無電室を占領したに違いなかった。

ぼくたちは、とんとん叩いて合図する約束を取り交わしておかなかったが、きみはその気があれば、叩くことができたはずだ。もう一度、そしてもう一度、ぼくは浚渫船に、ぼくの代わりに三十秒数えさせた。なんといわれようと、人間の考えるかぎりでは、たしかに彼は……かもめたちはぼくをいらいらさせた。彼らは小舟と空のあいだに型紙の模様を描いた。しかしかもめが確たる理由もなしに突然離れていってしまったとき、かもめのいないということがぼくをいらいらさせた。そこでぼくはまず、自分の踵で、次にマールケの長靴で、艦橋の甲板を叩き始めた、錆がぼろぼろとはげ落ち、石灰質のかもめの糞が砕けて、叩くたびに踊った。罐切りを握った拳で叩きながら、ピレンツは叫んだ、「あがってこいよ、おい！罐切りを上に忘れたぞ、罐切りを……」荒々しく、次にリズミカルに叩き怒鳴っては、しばらく間をおいた。残念ながらモールス信号は知らなかったので、二三、二三と叩いた。声もしわがれた、「かんーきり！　かんーきり！」

あの金曜日から、ぼくは、静かさがなんであるかを知っている。静けさは、かもめが去るとやってくるのだ。風のために鉄の騒音が遮られている作業中の浚渫船よりも、もっと大きい静けさを生み出せるものはなにもない。しかし、マールケは、ぼくの大声に答えないことによって、いちばん大きな静けさを生みだしたのであった。

それで、ぼくは漕ぎ帰った。しかし漕ぎ帰る前に、罐切りを浚渫船のほうへ投げたのだが、当たらなかった。

それで、ぼくは罐切りを投げ捨て、漕ぎ帰り、ボートを漁師のクレフトに返して、三十プフェニヒ余計に払わされた、そしていった、「たぶん、夜もう一度くるから、もう一度ボートを貸してもらうよ」

それで、ぼくは投げ捨て、漕ぎ帰り、返し、余分に払い、もう一度借りると言い、そして市電に坐って、人のよくいうように、家に帰った。

それでけっきょく、ぼくはすぐ家には帰らず、オスター街で呼び鈴を鳴らし、なにも訊ねないで、額に入った機関車をわたしてもらった、つまりぼくは彼にも、漁師のクレフトにもいったのだ、「たぶん、夜もう一度くる……」

それで、ぼくの母は、ぼくが大判の写真を持って家に帰ったとき、ちょうど昼飯の用意を調えたところだった。車輛工場の守備隊長がぼくたちといっしょに食べた。魚はなかった。国防軍地区司令部からぼくに宛てた一通の手紙が、皿の横に置いてあった。

それで、ぼくは何度も、その召集令状を読んだ。母は泣き始め、工場守備隊の男をおろおろさせた。「行くのは日曜の晩になってからだ」とぼくは、その男に一顧も与えずにいった、「パパの双眼鏡どこにあったか、知らない？」

それで、その双眼鏡を持ち、大判の写真を携えて、ぼくは土曜日の午前中にブレーゼンへ出かけた、――おそらく視界もきかなかったろうし、また雨も降りだした――約束したとおりのあの日の晩にではなかった、そして防風林のある砂丘のいちばん高い場所を探した、そこは戦歿者記念碑の前だった。ぼくは記念碑の台座のいちばん上にのぼり――ぼくの上には、雨で輝きを失った金の球をいただくオベリスクがそびえていた――四十五分はそうしなかったにしろ、三十分は双眼鏡を目に当てていた。すべてのものがぼやけて見えるようになったとき、はじめてぼくは双眼鏡をおろし、野薔薇の茂みに目をやった。

　それで、小舟の上に動くものはなにもなかった。二本の空っぽの長靴が立っているのが、はっきり見えた。またもやかもめたちが銹の上を舞い、着陸し、甲板と長靴に白粉《おしろい》をふりかけた。しかしかもめがなんの証明になったろう。泊地には前日と同じ軍艦が碇泊していた。その中にスウェーデン船はなかった、中立国の船など一隻もなかった。浚渫船はほとんど移動していなかった。天気は回復する兆を見せていた。ぼくはもう一度、人のよくいうように、家に帰った。母はボール紙のトランクの荷造りを手伝ってくれた。

　それで、ぼくは荷造りした。あの大判の写真は枠からはずし、きみが要求したわけではなかったが、いちばん下に入れた。きみの父親と、罐焚きのラブダと、煙を吐かないきみの父親の機関車の上に、ぼくの下着と、がらくたと、日記帳を重ねた、日記帳は後に、写真や手紙といっしょに、コットブス近辺でなくなってしまった。

　だれがぼくのために、うまい終末を書いてくれるだろうか？　つまり、猫と鼠で始まった話が、今日、葦に囲まれた沼のかいつぶりのようにぼくを悩ませるのである。ぼくが自然を避ければ、文化映画がこの怜悧な水鳥をぼくに見せてくれる。あるいは、ニュース映画は、ライン河で沈んだ貨物船の引き揚げ作業や、ハンブルク港での水中作業をありのままに映しだした。つまりホーヴァルト造船所の隣のトーチカが爆破され、空中機雷が引き揚げられるという話だ。少し平べったい、ぴかぴか光る潜水帽を被った男たちが、潜って行き、またあがってくる、腕が伸びてきて、潜水帽のねじをはずす、彼らは潜水帽を脱ぐ、しかし、ちらちらする映写幕の上で煙草に火をつけるのは、けっして偉大なマールケではない。いつも煙草を喫うのは別の人たちなのだ。

サーカスが町へくると、ぼくは金を払ってでかける。ぼくはほとんどだれとも顔馴染みで、いろいろの道化師と、サーカスの馬車のうしろで個人的な話をする。しかし、その男たちはしばしばつっけんどんで、マールケとかいう名の仲間のことなど聞いたことがないという。

また、五九年の十月レーゲンスブルクへ出かけた話もしなければならないだろう？　きみと同様に騎士十字勲章を授けられた、あの生き残りの人たちの会合へ行ったのだ。ぼくは会場へ入れてもらえなかった。中ではドイツ連邦軍の軍楽隊が演奏したり、休んだりしていた。そんな休憩の時間を利用して、ぼくは、場内整理にあたっていた少尉に、舞台の上から呼びだしてもらった、「マールケ下士官、入口にご面会の方がいらっしゃいます！」——しかしきみはいっかな姿を現わそうとはしなかった。

訳者解説

髙本　研一

『猫と鼠』はギュンター・グラスの散文による二番目の作品で、一九六一年に発表された。一九五九年の『ブリキの太鼓』、一九六三年の『犬の年』とともに「ダンツィヒ三部作」の一環をなす。この三作はそれぞれ独立した作品であるが、グラスは三つまとめて読まれることを希望している。『ブリキの太鼓』と『犬の年』がともに七百ページ前後の名実ともにロマンと呼ばれるにふさわしい大作であるのに対し、『猫と鼠』は百九十ページにも満たないノヴェレであるが、二つのロマンにくらべ、グラスという作家の心情がもっとも色濃く反映している。それは、一九二七年に生まれ、戦争中に少年時代を送ったグラスの万斛《ばんこく》の思い、と言ってもよいだろう。この「偉大なマールケ」のモティーフはもともと『犬の年』の一章をなすはずのものだったと言われるが、それを一篇のノヴェレとして独立させずにいられなかったということは、マールケに対するグラスの思いが、いかに切々たるものであったかを証明している。その意味で、『猫と鼠』はグラスの作品の中でもっとも美しいものの一つだと言えよう。

グラスが生まれたのはダンツィヒ（現在はポーランド領グダニスク）郊外のラングフールである。ダンツィヒはバルト海に臨み、ハンザ同盟の一員として栄えた古い港町であるが、プロイセン領を経て、第一次世界大戦後は自由市として国際連盟の管理下におかれていた。そして一九三九年九月ヒトラー・ドイツ軍に席捲され（その時のポーランド郵便局攻防戦の模様は『ブリキの太鼓』の一章に生かされている）、ドイツ領土に編入されたわけだが、『猫と鼠』の舞台となったのはこの時代のダンツィヒであり、少年たちが夏の日を過ごし、マールケが最後に身を潜める「小舟」は、独ポ戦で沈没したポーランド掃海艇である。

グラスの父はドイツ人だが、母ヘレーネは西スラヴ系の少数民族カシュバイ人で、生家は食料品を商っていた。子供部屋なぞ与えられない小市民の生活の中で育ったわけだが、この小市民の出であることをグラスは誇りにしているし、後年の政治的発言もすべてそこに由来する。母親からペール・ギュントと呼ばれたほど、空想を物語ることの好きだったグラスは、一九三三年国民学校に入学、その後ギムナジウムに進み、四四年まで在学したが、正規の授業は、日本流に言えば、中学三年までしか受けなかったという。最後の二年間は空軍補助員、労働奉仕団員として勤務しなければならなかったからだ。そして四四年に歩兵として召集され、四五年四月ベルリン南東のコットブスで負傷、ボヘミアのマリーエンバート（現チェコ領マリアンスケー・ラーズニェ）の野戦病院に入院、バイエルンでアメリカ軍の捕虜となり、四六年に釈放された。戦後はラインラントで農業を手伝ったり、ヒルデスハイムのカリ採掘場で働いた後、四七年からデュッセルドルフ美術学校で彫刻と絵画を学び、石炭不足で学校が閉鎖された間は墓石店で石工見習などやりながら、この頃から詩と劇を書き始めた。

敗戦後の引揚者の生活がどんなものであったか、わが国の場合と比較するまでなく、想像がつくが、グラスの語るところによれば、彼は「一文無しで暮らしていて、包装紙にスケッチし、絶えずものを書いていた」。それでもグラスは一九五二年にはヒッチハイクでフランスを放浪し、彫刻の師を代えるためベルリンへ移り、五四年にはスイスのバレリーナ、アンナ・マルガレータ・シュヴァルツと結婚している。彼女は清教徒的生活様式を持った大ブルジョワの家を棄てて、住む家もないベルリンのボヘミアンのもとへ嫁いできたのである。しかしこの年グラスの詩は南ドイツ放送のコンクールで第三位に入賞、翌年には「四七年グループ」総会で初めて朗読、さらに五六年には詩とスケッチを集めた処女作『風鶏の美点』を出版、また画家としても個展を開き、一幕物の芝居やバレエの台本にも手を染めるなどして、ようやく若い作家の一人に数えられるようになったが、その範囲は文芸雑誌の読者か実験劇場の愛好者に限られていた。

一九五六年初頭、グラスはロマンを執筆するため、アンナはもっと良いバレエ教師につくため、パリへ移住する。相変らず生活は苦しかったが、友人たちの有形無形の援助に支えられて、グラスの『ブリキの太鼓』は何度か書き改められた後、「回想力と空想、戯れの喜びと細部への執念が次々に流れ出して、一章また一章とできあがる」。そして五八年の「四七年グループ」賞を受賞し、翌年それが出版されると、一挙に彼は名声の渦に巻きこまれたのである。グラスが三十二歳のときであった。

以上が『ブリキの太鼓』までのグラスの経歴であるが、それでは、「ダンツィヒ三部作」で彼は何を意図したのか。グラスが一九六八年に行った発言を借りれば、「一つの時代全体を、その狭い小市民階級のさまざまな矛盾と不条理を含め、その超次元的な犯罪をも含めて、文学的形式で表現すること」であった。さらに彼は、作家の原料としてのリアリティは分割されるべきではなく、それを全体としてとらえ、その影の部分をも避けて通らない人だけが作家と呼ばれるに値する、性の領域もまたこのリアリティの一部である、と付言している。いわば公式的な文学的意図の発言として、これ以上何も言うべきことはない。問題はそれが十全に達成されたかどうかである。グラスは細部に執念を燃やす作家だが、その卑猥に、野放図に、グロテスクに乱舞する冗舌に眩惑されて、細部にのみ拘泥する読者はグラスを誤解することになるだろう。例えば、グラスの性の領域について、良識をふりかざして居丈高になる人がそうである。ブレーメン市文学賞を、市の委嘱した審査員が『ブリキの太鼓』に与えることを決定したとき、市参事会はそれを否決した。またヘッセン州の労働厚生保健相は御丁寧にも『猫と鼠』の十六個所を指摘して、青少年に有害な図書のリストにこれを加えるよう、連邦検閲局に申請したが、却下された。彼らにはグラスの冗舌の背後に「分割されるべきでないリアリティ」が儼然《げんぜん》と控えていて、彼の履歴から窺われる思いがそれを支えていることが見えないのだ。

つまり、「ダンツィヒ三部作」執筆の公式的な文学的意図とは別に、心情として、幸運にも生き残ったグラスは、死者たちのためにミサ曲を書かずにはいられなかったのである。そもそも、個人的な心情から発しない限り、リアリティなぞ獲得できるはずがないだろう。ところが、当時は「社会的責任という香油をタイプライターに塗った作家たち」が、度しがたいほど自己を中心にしないで、社会的な全体を配慮しながら自分の課題を追いかけていたのである。『ドイツの過去の克服』という当時の安手な要求を、私は満足させるつもりもなかったし、その能力もなかった」とグラスは後年述べている。グラスは自己の心情に忠実なのである。『ブリキの太鼓』にも『犬の年』にもおびただしい死者が溢れている。しかも、そうした個々の死の舞台となった「ダンツィヒ」そのものが失われてしまった今、死者たちを置き去りにし、正義の御旗を振りかざして過去を糾弾することなぞ、グラスには思いもよらぬことなのだ。「糾弾」という点では、「三部作」の中で『犬の年』がもっとも酷《きび》しいが、それも、自分の手の汚れを棚に上げて、高みから裁くのではなく、グラス自身が生まれ育った小市民階級が、どのようないきさつでナチスに順応していったか、という視点からなされる。ダンツィヒという過去をグラスは克服なぞできるわけがない。ダンツィヒに象徴されるおびただしい死のためのレクイエムを書くことなしに、一歩も進むことができない、このことが、「三部作」を貫くグラスの思いいなのである。

こうした思いだけでロマンができ上がるはずもないが、『猫と鼠』は、マールケに焦点が絞られているだけ、グラスの心情が相対的にはっきりと窺われるわけである。戦争一色に塗り潰されていたバルト海の港町で、猫の目をかすめた鼠たちが喜々として跳梁をほしいままにするこの物語が、結末に至って思いもかけず透明な悲しみに彩られるのは、そこに生き残ったグラスの切々たる思いが投影しているからなのである。マールケという人物が実在したかどうかは、どうでもよいことだ。私たちはだれもが心のどこかにマールケを持っている。

しかし、思いのたけを縷々《るる》と述べ立てるほど、グラスという作家は女々しくもないし、鼠たちの被害者意識をひけらかすほど、お人よしでも無能でもない。いくらでも歌い上げることができる個所で、グラスは半畳を入れる。深刻な顔でレクイエムに耳を傾けていた人にとって、それはなんとも不謹慎なことに思われるらしい。しかし、そうした人は、道化師の涙の重みと、永久に無縁のままだろう。

「ダンツィヒ三部作」というレクイエムを書き上げたグラスは、政治に係わり続けている。一九六一年夏、ベルリンの壁が築かれたとき、東ドイツのアンナ・ゼーガースに抗議の公開書簡を送ったのを初めとして、六五年、六九年、七二年の総選挙では、社会民主党とヴィリー・ブラントのために身銭を切って駆け廻り、六八年には「プラハの春」を弾圧するソヴィエト軍のチェコ侵入に抗議する。グラスの政治的発言はほとんどすべて『自明のことについて』（68）と『市民とその声』（74）の二冊の評論集に収められている。そのほかグラスがこの期間に発表した作品は、二冊の詩集を除けば、戯曲『賤民の暴動稽古』（66）、小説『局部麻酔をかけられて』（69）、『蝸牛の日記から』（72）の三冊だけだが、そのいずれもがなんらかの意味で政治と関係している。

グラスの政治活動は、その小説と同じく、卓抜な着想に満ちているが、それはイデオロギーから発したものではなく、「子供のとき何度も戦火に遭い、政府の無能力の結果から守ってやらねばならぬ数人の子供を持った、一九二七年生まれの市民であり作家である」立場からなされている。この立場がグラスにレクイエムを書かせ、彼を政治活動に駆り立てているのだ。ポルノグラスと異名をとる彼の作家活動と政治活動とは首尾一貫している。

寛容と啓蒙主義を説き、体制を維持するためにテロルを必要としない社会主義を目指すグラスの政治活動は、「左翼エリート」の目から見れば、まったく生ぬるいものかもしれない。グラスは、二十マルク寄付した個人の自発的な政治参加によって運営されている「SPD(社会民主党)選挙民イニシティヴ」を組織して、社会民主党とは別個に選挙運動をしているのだが、七二年の選挙後、こうした市民の直接参加が、匿名の巨額の政治献金に勝ったことを強調し、六五年には不可能に思われたことが六九年には緒につき、七二年には当たり前のことになった、デモクラシーというものを西ドイツ国民が一つの生活形式として理解するかどうかの答えがでた、と語ったことがある。グラスは、「良家の出である革命家たち」

に笑いとばされようと、こうした地道な蝸牛の歩みをやめることはないだろう。「私は生活するのが好きなのだ。私に正しく生きることを根気よく教えようとする人たちも全員が生活を楽しむならば、私はどんなにうれしいだろう。世界の改良は苦虫を嚙みつぶしたような胃弱の人たちにいつまでも任せておくわけにはいかない」「私は人類の利益のためにバナナを真直ぐにしようとする人たちを好まない」。『蝸牛の日記から』の言葉だが、グラスの人柄がよくわかるだろう。

解説

杵渕　博樹

いきなり私事で恐縮だが、私はこの高本訳を大学学部生だった一九八六年に読み、その後、この作品を卒論のテーマに選んだ。なぜか。この本がグラス作品で一番薄かったからだ。これならドイツ語でなんとか通読できそうだ、と思った。そう、ギュンター・グラスは基本的には大長編作家なのだ。いわゆるダンツィヒ三部作にしても『ブリキの太鼓』と『犬の年』は分厚い。彼は通常、何年もかけて長編をものし、また何年か準備して次作を発表するというパターンを繰り返した。長いだけではない。凝った構成、意表を突くテーマ、挑発的な時代風刺にパロディ、方言、饒舌な語り口、豊富な語彙と独特のテンポ、強烈な個性を持った主人公たち、これでもかと展開されるイメージの奔流……。もともと造形作家でもあるグラスは、小説を書き始める前に、構想段階で大量の素描を製作する。登場人物や動物、重要なモチーフは、まずは画像として、視覚的イメージとして定着されるのだ。場合によってはそこから版画や彫刻として完成作品も生まれる。新作の表紙にはいつも彼自身の手による絵や版画があしらわれていた。毎度毎度タフな職人のような仕事ぶりで、その成果も重量級。というわけで、ふつうグラス作品を読むには体力がいる。『猫と鼠』は例外なのだ。

本作は、グラス作品の中では読みやすい。構成がすっきりしていて文章も基本的には素直だ。物語の時空もコンパクトだし、超自然的・非現実的な現象は見られず、その意味では一貫してリアルだ。何より、せつない青春小説としての普遍性を備えている。（おまけに、時代設定にもかかわらず、いかにもナチっぽい風俗や情景は出てこないし、話題にもならない。）カモメの群れ飛ぶきらめく夏の海を泳ぎ、古めかしい体育館で体操の授業を受け、雨の夜の町をさまよう少年たちの姿は絵になるし、ピレンツとマールケの友情には、時代を越えた説得力がある。没個性的な家の立ち並ぶ住宅街で、同様に父親のいない家庭環境は、それぞれの仕方で彼らの孤独を深め、ともに少数派であるカトリック教徒であることも相まって、ふたりを近づけ、結び付ける。そして、作品冒頭から漂っていた暗い予感があっけなく実現する幕切れ。一見、誰のせいでもないような出来事に、罪の意識を感じ続ける語り手の姿のもたらす余韻。出来すぎじゃん?とも言える。(ちなみに本作は一九六七年に映画化されている。なんと少年マールケと青年マールケを、グラスと親交のあった、のちの西ドイツ首相ヴィリー・ブラントの二人の息子たちが演じている!)

他方で、本作にはグラスならではの個性的要素も、他作品に比べれば控えめながら一通り揃っており、その意味でグラス初心者にはおすすめの入門書である。たとえば、語り手ピレンツは「今、書かねばならぬ」ことについて、「ぼくたちをでっち上げたやつ」が「職業柄、ぼくに強いる」とわざわざ言明しているが、この、作品の外にいるはずの作家グラスが、作品内に顔を出す、あるいは存在を示唆されるパターンや、誰かが誰かに書くことを強いたり依頼したりする構図は、その後のグラス作品にも繰り返し現れる。それから、これ見よがしの「下品」な生理描写も彼の武器だ。少年たちのオナニーと精液飛ばし競争しかり、氷を溶かすための放尿しかり。いかにも不味そうな古い缶詰の中身を食べたり、こびりついたカモメの糞をはがして味見をしたり、といった場面も、自身の体験をベースにして、生きることの実感にこだわって書くグラスの基本姿勢を反映している。喉仏を猫にやられて悲鳴を上げ、沈没船上で体を冷やして鳥肌を立て、校長を平手打ちし、未熟な果実を貪って腹を下す。味、におい、感触、痛み……生身の身体感覚に支えられた物語世界は、グラス作品のひとつの特徴だ。そして心理描写の排除。グラス作品の語り手は、見て聞いて触れて感じたものの再現に力を注ぎ、その都度の心情は吐露するが、心の動きをたどるわけではないし、物語る対象となる人物の内面にはそもそも立ち入ることができない。また、ダンツィヒ三部作では特にダンツィヒの地理的・地誌的情報を踏まえた記述が目立つが、歴史的背景を伴う実在の場所の詳細かつ具体的な描写も、グラスの得意とするところだ。まだある。未解決の問題を残し、典型的カタルシスを欠く、なんとなくすっきりしない読後感だ。もちろんこの作家はわざとやっている。

ピレンツはいつもマールケの出し物の「見物人」だった。人知れず熱心なファンだった。そして観察していた。観察していたから、今、それを想起し、書き留めることができる。彼は何かを見抜いていた。予感していた。その感覚を含めて、回想する。ときに記憶は曖昧になるし、もともと彼に客観的事実は語れない。マールケとの関係は特別なものだったからだ。なのに彼を助けることはできなかった。だからピレンツは（作家グラスの道具としての自覚はともかく）マールケの失踪に責任を感じている。彼の名誉の回復と、自分自身の罪の告白のためにこの物語を書いている……ように見える。が、ピレンツの「責任」や「罪」は、それほど明確なわけではない。それらは、その確かな存在感のわりに、輪郭がはっきりしないのだ。決着がつかないからこそ、向き合い続けねばならないのか、それとも向き合い続けるためにこそ、決着を避けるのか……。

そもそもヨアヒム・マールケとは何者だったのか。この問いに答えることこそが、まさに語り手ピレンツの課題でもあるわけだが、グラスは彼に安易な解決を許さないので、あえて「安易な」解釈を試みてみよう。まず、冷静に考えてみると、マールケは、それほど「道化」（クラウン）らしくない。彼自身の「将来道化になりたい」との発言を踏まえて、ピレンツが、マールケのやることなすことに道化らしさ、道化修行を見ようとするものだから、つい引きずられてしまうが、彼の我が道をゆく変人ぶりは、かならずしも笑いを誘う面白味を示してはいない。「房飾り」も「安全ピン」も弱い。強いていえば、独特の髪型と喉仏、癖のある動作、独自のマリア信仰については、ピレンツにとっては滑稽味が感じられたのかもしれないが、果たして読者にとっても「笑える」要素であるといえるだろうか。むしろ不器用な社会的逸脱をそれらは暗示しており、彼が起こしたふたつの事件に通じる、破滅の気配がつきまとっていたのではないか。そして、このけして笑えない奇行を繰り返す人物の中に（滑稽さではなく）偉大さを認める者にとってのみ、彼は、価値を転倒させる存在としての「道化」でありうるのではないか。

隠せない目立つ喉仏に対応させられた長大なペニスが象徴するように、彼の肉体と身体能力は強度の男性性を示すが、彼の禁欲的かつマニアックな性格と行動は、そのベクトルを捻じ曲げ、相対化する。彼は、目的合理的な攻撃的破壊的行動が求められる時代にあって、その潜在能力にもかかわらず、本質においてことさらに非攻撃的なのである。彼は全体主義的戦争体制の象徴である勲章を、（意図的にではなかったにせよ）お気に入りのドライバーと同列に並べて物質的存在へと還元し、脱神秘化した上で、あっさり返してしまう。確かに大いに魅力的ではあれ、手に取って見れば、それは十字架よりもむしろ「房飾り」や「安全ピン」に近いものだったのだ。それにもかかわらず、そのつまらない物体は、実社会において絶大な威力を発揮している。それならば、ということで（ここが本作においてもっとも非現実的かつメルヒェン的なところなのだが）マールケは正攻法でこれを手に入れてしまう。処女マリアが戦場で彼を守り、力添えしてくれたかのように。彼がそのために払った犠牲や努力は、作品内では直接語られないため、あたかもいともたやすくあっさりとそれをなしとげてしまったかのような印象が生じる。だとすれば、マールケはまたしても、その勲章の価値を暴落させていることになる。

しかも、彼は作品に登場する少年たちの間でも突出して「真面目」であり、「敬虔」であり、融通が利かない。校長平手打ち事件にしても、ただの不満表明ではなく、「大人」の欺瞞へのささやかな抗議として筋が通っている。このことは、彼が、勲章の象徴する価値体系に対して、普遍的倫理に照らしても優位に立っていることを暗示する。体制にとって、同時代の常識にとって、なんと危険な破壊力、なんと厄介な道化性であろうか。ところが、彼はあまりにも脆く、はかなかった。結局彼は、体制にとっては都合のよいことに、どこか幼い子供のようではなかったか。ピレンツが最後に見る心細げなマールケは、自分から姿を消してしまった。その伝説をよみがえらせるために、ピレンツは書くのだ。

猫と鼠についてはどうだろう。タイトルでもあるし、これまたリフレインのように反復されるうちにすり込まれて、読者は「とにかく猫と鼠なんだよね」とわかったような気になってしまうが、「じゃあ結局なんだったの」「猫が何を、鼠が何を意味してるの」と言われたらよくわからない。ときどき猫が鼠を狙っているらしき記述があるけれど、鼠がマールケの喉仏であってマールケを代表する印であるなら、猫は彼を追い詰める当時の社会を象徴しているのか。でも「社会」はそんなに猫っぽく「マールケ鼠」を弄んだり、引っ掻いたり、喰いついたりしただろうか？　それにあの日猫をけしかけたピレンツあるいはほかの少年は？　彼らには「社会」を「けしかける」ことなどできないし、彼らを「社会猫」の一部とみなす比喩にも無理がある。そうやって考えてみると、鼠の場合とは違って、猫にはしっくりくる対応物がない。猫の方はやはり、生きている猫にせよ、なぜか学校に飾られていた剥製の猫にせよ、どこまでいってもただの猫だったのではないか。実はこれもグラスらしさなのだ。彼はよく動物・生物を作品のタイトルにしたり、その動物・生物に作品内で大きな存在感を与えたりするのだが、そのやり方はいつも、ふつうの意味での象徴や寓意ではないのである。象徴であって象徴ではない。寓意であって寓意ではない。それそのものの現実のイメージを物語世界の出来事に重ねて見せているだけなのだ。

ふたりの主人公同様、グラスも母親に従ってカトリックだったが、当時のダンツィヒも含めて、北ドイツの旧プロイセン地域ではルター派のプロテスタントが主流であり、カトリックは少数派であった。他方、カトリック信仰は、ダンツィヒを地理的に取り囲むポーランドの国家的民族的アイデンティティのまさに中心をなす。マールケのマリア崇拝もカトリックならではだが、彼の素朴ながら実存主義的な敬虔さは、独自の倫理性の裏付けとなり、彼の運命を導く重要な伏線となっている。その一方、本作ではグセウスキ神父による少年たちに対する性加害への言及も目を引く。そういう下劣な人物が、聖職者として、常に明朗な自信に満ちた様子で儀式を取り仕切るのを、少年ピレンツは間近で目撃している。マールケはと言えば「むろん神など信じない」と切り捨てる。ふたりは、制度化された宗教の実体を承知の上で教会に通い続け、関わり続けているのだ。（ちなみに、グラス同様、カトリック作家として知られるハインリヒ・ベルは、一九六七年発表の『道化師の告白（ある道化の見解）』で、有力信徒らの偽善を告発する陰鬱な道化の姿を描いている。）

最後に少しだけ補足する。まず、少年たちが暮らす「組合住宅」だが、この「組合」というのは労働組合のことではなく、これは庶民が住宅を購入するための「住宅共同体」という互助組織が整備した団地である。また、「マールケ」は（父親がポーランド鉄道の運転士だったことからも推測されるように）ポーランド系の姓である。作者グラス同様、ヨアヒム・マールケもまた、非ドイツ系の血を引く「ドイツ人」だったのだ。マールケが亡父を誇りにしていることは、自らがポーランド系であることの自覚の強さを暗示している。戦争に対する彼の屈折した態度の背景にはこうした事情もある。それから、（訳書の宿命だが）もしかしたら読者が違和感を覚えたかもしれない箇所について。マールケが「勉強を軽く見ていた」云々という記述があるが、原文では「ひとつ年上だったことが彼の成績の価値を少々減じていた」と書かれている。また、「上から下とうしろへ、（……）数えられる（……）外套のボタンを光らせて」は（「うしろ」にボタンがついているわけではなく）「上から下へそしてまた逆に（下から上へ）」「数えられる」、ということである。また、いわゆる飛び込み前転についての記述に「七人の上を越えて前で一回転して受け止めてもらう」云々とあるが、これは単に（誰かほかの人が「受け止め」るのではなく）跳び越えたあと「前転する」ということ（直訳すると「前転によって受け止められることになっている七人越えの水平跳びの際に」）。また、ドイツ語で「不機嫌な良心を抱く」は「良心の呵責を感じる」「良心が咎める」という意味の慣用表現である。頻出する（マールケの）「番組」も、要は「プログラム」なので、最近の日本語なら「演目」ないし「出し物」と言うところかもしれない。

グラスは、二〇世紀後半から二一世紀にかけてのドイツ語圏で随一の大物作家である。同時に、二〇一五年、八八歳で亡くなる最晩年まで、積極的に社会にコミットする姿勢で知られた。その彼の作品を貫くものは、反戦、そして寛容な共存の精神だ。しばしば猥雑な印象を与える物語世界は、生活を楽しみ、（キレイ好きな）独善的正義を警戒する彼の思想に対応している。悲惨な現実に起因する社会的「痛み」を「麻酔」でごまかして済ますような発想を彼は嫌い、テクノロジー万能主義を疑った。政治的立場から彼を嫌う人も多かったが、戦後もなお生き延びたナチ的なるものとの徹底的な対決、そしてホロコーストに対する真摯な反省の呼びかけと、イスラエルへの武器輸出に対する批判とを堂々と両立させていた彼の姿は、また、旧東ドイツ体制を批判しながらも、辛酸を舐めてきた同国市民への敬意と共感を忘れず、（激しいバッシングをものともせずに）拙速な再統一に反対する論陣を張った彼の姿は、人類の現状と未来を憂えるすべての者にとって、あらためて向き合うに値するものなのではないだろうか。

ところで、トゥラ・ポクリーフケは『犬の年』と『蟹の横歩き』で大きな役割を演じている。彼女が気になった向きには一読をお勧めする。

東京女子大学現代教養学部教授　主な研究分野は戦後・現代ドイツ文学

本書は『猫と鼠』（一九七七年集英社発行 初版）を底本に、復刻したものです。あきらかに誤りと思われる箇所、一部の表記の統一を除き、底本に忠実に製作しております。また現在では不適切と思われる語句を含んでおりますが、作品発表当時の時代背景を鑑み、また訳者が故人であり、改変は困難なため、底本のまま掲載しております。

著者紹介

ギュンター・グラス Günter Grass

第二次世界大戦後のドイツを代表する文学者。1999年にノーベル文学賞受賞。代表作に『ブリキの太鼓』『女ねずみ』『はてしなき荒野』などの小説のほか、戯曲や彫刻、版画なども多数。

1927年、バルト海沿いの港町ダンツィヒ（現ポーランド領グダニスク）で生まれ、子供時代を過ごす。1944年に召集され、武装親衛隊員となる（2006年発表の自叙伝『玉ねぎの皮をむきながら』で明らかにした）。終戦を米軍の捕虜としてむかえ、1946年に釈放後は農園を手伝うなどした後に、墓石店で働きながら美術大学で彫刻等を学び、詩や戯曲を書き始める。1958年に『ブリキの太鼓』で47年グループ賞を受賞、翌年に出版され、高い評価を受ける。『猫と鼠』『犬の年』は『ブリキの太鼓』とあわせて「ダンツィヒ三部作」とされる。政治にも係わり続け、ドイツ社会民主党の党員として選挙運動を積極的に行ない、『自明のことについて』などの評論集を発表する。他に『鈴蛙の呼び声』『私の一世紀』『蟹の横歩き』など。2015年4月13日死去。

訳者紹介

髙本研一（たかもとけんいち）

ドイツ文学者、翻訳家。1926年生まれ、東京大学文学部独文科卒業、東京都立大学名誉教授。ギュンター・グラスの翻訳者として著名で、『ブリキの太鼓』『猫と鼠』『蝸牛の日記から』『テルテクの出会い』のほかに『自明のことについて』『ひらめ』（以上2冊は宮原朗との共訳）『鈴蛙の呼び声』『女ねずみ』（以上2冊は依岡隆児との共訳）など多数翻訳。2010年死去。

猫と鼠
2025年5月10日　初版第1刷発行

著　者　ギュンター・グラス
訳　者　高本 研一
発行者　竹内 正明
発行所　合同会社あいんしゅりっと
〒270-1152 千葉県我孫子市寿2丁目17番28号
電話 04-7183-8159
https://einschritt.com

装　幀　仁井谷 伴子
印刷製本　モリモト印刷株式会社

ISBN 978-4-911290-05-7　C0097